野瀬泰申

文学ご馳走

GS

幻冬舎新書

430

文学ご馳走帖／目次

まえがき

古い文学作品を読んでいるとしばしば、登場人物が何をしているのか理解できない場面に遭遇する。何を意味しているのかわからない描写にぶつかることもある。社会のありようが変わり、テクノロジーが進化した現代から消えてしまったものがそこにあり、時代とともに変容を遂げる以前の姿がそこにある。

例えば漱石の『三四郎』には、学生たちが牛鍋を食べる前に肉を壁にぶつける場面が出てくる。どんな目的があってそんなことをしたのか。なぜ明治の読者はそれを少しも怪しまなかったのか。

鷗外の『雁』では主人公のお玉が楊枝を口から出し、唾をバケツに吐き出す場面がある。妙齢の女性にしてはいささか行儀が悪いようにも読めるのだが、明治のころは日常の風景だったとすると、さてお玉は何をしていたのか。

太宰の『津軽』の中で、太宰たちは花見をしながら盛んにカニを食べる。しかし単にカニとあるだけで種類が書かれていない。太宰はどんなカニを食べたのだろうか。

というふうに「食べること」に焦点を合わせて読み直し、疑問を解き明かすと作品が世に出たころの時代相が浮かび上がるのではないか。そう考えて「文学食べ物図鑑」を2015年6月から半年間、日本経済新聞日曜版に連載した。ささいな「？」を入り口にして手に入る文献に当たり、もつれた糸を多少はほぐすことができた。それに加筆・改訂したのが本書だ。

大阪がお好み焼きの本場だと思われているが、ほぼ間違いなく東京生まれだ。江戸前のにぎりずしが全国に広まったのは終戦直後に出た法令がきっかけだった。関西でいまでも食べられている紅ショウガの天ぷらは、遅くとも大正時代には存在していた。飲食店の前に置いてある食品サンプルは関東大震災を機に普及する。それを最初に置いたのは……。

個々のテーマに関しては、それぞれの研究や文献があるが、対象を文学作品に限定して幕の内弁当のように謎解きを詰め込んだ本は、ひょっとしたら本書が初めてかもしれない。もしそうなら、少しばかりうれしい。

2016年夏

紅ショウガの天ぷら

織田作之助『夫婦善哉』

最初に取り上げるこの小説は書き出しから食べ物の名を並べる。主人公の芸者、蝶子の父親、種吉のなりわいを説明するくだり。

「路地の入口で牛蒡《ごぼう》、蓮根《れんこん》、芋、三ツ葉、蒟蒻《こんにゃく》、紅生姜《べにしょうが》、鯣《するめ》、鰯《いわし》など一銭天婦羅《てんぷら》を揚げて商っている」

すぐその後に「近所の子どもたちも、『おっさん、はよ牛蒡《ごんぼ》揚げてんかいナ』と待て暫《しば》しがなく」という描写が続くから、店といっても買い食いの小店か、今で言う小さな持ち帰り専門店であったろう。それもエビやイカ、白身の魚など値の張るものは出てこない。天ぷらの種は「一銭」で買えるような安価なものばかりだ。

読み過ごしそうになるところだが、目を凝らせばコンニャクの天ぷら？　紅ショウガの天ぷら？　スルメの天ぷら？　大正12（１９２３）年に起きた関東大震災前後の大阪の下町では、こんな天ぷらが売られていた。

大阪在勤中、地元の天ぷらの店に何度か入った。大衆食堂の常連だった。居酒屋には数え切れないほど通った。コンニャクの天ぷらこそ廃れてしまったようだが、紅ショウガとスルメの天ぷらは健在だった。

中でも紅ショウガの天ぷらはデパートの食品売り場にもあって、総菜の定番といった風情だ。スルメの天ぷらは居酒屋の「あて（つまみ）」の位置だが、スルメが高価になったせいか、最近は袋に入ったさきイカで代用されることが多い。

14年前の平成14（2002）年、ネットアンケートで紅ショウガの天ぷらが存在する地域を調べたことがある。結果は大阪、京都、兵庫、滋賀、和歌山、奈良だった。近畿圏特有の食べ物だということがわかる。それも牛丼や焼きそばに添える刻んだものではなく、丸いショウガを梅酢に漬け、輪切りにしたものを揚げる。近畿圏の大衆食堂で天ぷら定食を注文し、天ぷらが盛られた皿に赤い物が混じっていたら、まず間違いなく紅ショウガだ。

近畿圏の紅ショウガの天ぷらがいつごろ誕生したのかはわからないが、少なくともこの小説の時代、大正以前に庶民の工夫の中から生まれていたことは間違いない。

ところで種吉の店で天ぷらを買った子どもや大人は、店の前で食べるにせよ家に持ち帰るにせよ、どんな味付けで食べたのだろうか。作品には出てこないので、逆に気になってくる。関東なら天つゆか塩だろうが、大正期の大阪ではどうだったのか。

浮かび上がるのがソースだ。当時はとんかつソースなど濃厚ソースはなかったからウスターソースということになる。なぜかというと、福岡県久留米市出身の私自身が子どものころそうしていたし、記者になって大阪に赴任し、居酒屋で客たちがこぞって天ぷらにソースをかけて口に入れる場面を見ているからだ。

同じくネットで読者調査をしたところ、紅ショウガの天ぷらと重なる地域、つまり近畿圏ではかつてもしくはいまも、「ソースで天ぷら」のような食べ方をしている人々が多くいた。日本のウスターソースは明治中期に神戸や大阪で生まれ、「洋式醤油《しょうゆ》」として広まっていった。それも「ハイカラ」なものとして何にでもかけるのが流行したわけだから、このころから天ぷらにソースをかける食べ方があったとしても不思議ではない。

いやむしろ、大阪ではそのような食べ方が普通であったために、織田作は何の疑問も持っておらず、あえて書く必要を感じなかったのかもしれない。

作品に戻ろう。蝶子が曽根崎新地のお茶屋にいたころなじみになったのが化粧品問屋の跡継ぎ、柳吉だった。柳吉はうまいものに目がなかったが、もっぱら手近で安い食べ物を好んだ。

柳吉が蝶子を連れて食べに行ったのは「よくて高津の湯豆腐屋、下は夜店のドテ焼、粕《かす》饅頭《まんじゅう》から、戎橋《えびすばし》筋そごう横『しる市』のどじょう汁と皮鯨汁《ころ》、道頓堀相合橋《どうとんぼりあいおいばし》東詰『出雲屋』のまむし、日本橋『たこ梅』のたこ、法善寺境内『正弁丹吾亭《しょうべんたんごてい》』の関東煮《かんとだき》、千日前《せんにちまえ》常盤《ときわ》座横『寿司捨』の鉄火巻と鯛《たい》の皮の酢味噌、その向い『だるまや』のかやく飯と粕じるなど」。

よくまあ出てきたものだが、あるいは作者の織田作自身が好んだものばかりかもしれない。どれも庶民の味だ。「ドテ焼」は現代の大阪で食べられているものとは少し違っていて、牛のすじ肉を味噌味で甘辛く煮込んだものではなく「豚の皮身を味噌で煮つめたもの」と説明されている。皮鯨は字の通りで、鯨の皮身を炒《い》って脂を落としたもの。大阪の関東煮、つまりおでんの種としても欠かせないものだ。だが「さえずり（鯨の舌）」とともに、いまでは値が上がったから、懐と相談しなくてはいけない。

「まむし」はうなぎの蒲焼き。蛇のマムシに似ているからということではなくて、たれとともにご飯と「まむす（混ぜる）」ことからそう呼ばれたのだろう。

「かやく飯」の「かやく」は「具」のことで、要するに炊き込みご飯だ。大阪ではうどんとかやくご飯を一緒に食べることが多い。

難波の「自由軒」も登場する。この店は大阪で最初の西洋料理店として明治43（1910）年に開店し、いまもにぎわっている。蝶子たちが食べたのは「玉子入りのライスカレー」。柳吉は「自由軒《ここ》のラ、ラ、ライスカレーは御飯にあんじょうま、ま、まむしてあるよって、うまい」と評している。どういうことか。

先に種吉の天ぷらを買った人々はソースをかけて食べたのではないかと書いたが、これも傍証になる。大阪の人々は和洋中のジャンルを問わず、ソースを大量にかけ回して食べた。カレーにも当然ソースをかけたが、「玉子入りのライスカレー」はご飯の上にカレールー、卵をのせたものではなく、ご飯、ルー、ソース、生卵を混ぜたものだ。

なぜ最初から混ぜて出てくるのか。炊飯器やジャーがなかった時代、炊いたご飯はお櫃《ひつ》のようなものに移し替えた。時間がたつと当然冷めてくる。ご飯を温め直す方法もない。その辺の事情を自由軒のホームページのうち「名物カレーができるまで」はこう書いている。

「ご飯は冷めていても、熱いカレーと混ぜ合わせることで、熱々の美味しいカレーに生まれ変わる。また、混ぜることによって、身近な存在と感じられたのでしょうか。テーブルマナーを気にせずに食べられると、これまで洋食を敬遠していた方にも召しあがっていただけるようになりました。

さらに、当時は高級品だった玉子を落とし、味や栄養にもこだわることで一躍庶民の人気メニューとなったのです」

カレーライスに生卵を落とすのも自由軒が始めたことという。いまではその食べ方は大阪だけではなくなっている。

ネットで「カレーに入れるなら生卵？　ゆで卵？」というアンケートを取ったら、東日本でゆで卵派が多数を占めたのに対し、関西から中国地方まで生卵派が圧倒した。

東日本はカレールーとご飯を混ぜないのが一般的で、その動機となったソースをかけることも少ない。一方、西日本はソースをかけて混ぜるから卵は生でなければいけない。

作品の最後で柳吉と蝶子はそろって法善寺境内の「めおとぜんざい」に出かける。

「道頓堀からの通路と千日前からの通路の角に当たっているところに古びた阿多福《おたふく》人形が据えられ、その前に『めおとぜんざい』と書いた赤い大提燈《おおぢょうちん》がぶら下がって」いた。注文すると「一人に二杯ずつ持って来た」。柳吉が言う。

「こ、こ、ここの善哉《ぜんざい》はなんで、二、二、二杯ずつ持って来よるか知ってるか、知らんやろう。こら昔何とか太夫ちゅう浄瑠璃のお師匠はんがひらいた店でな、一杯山盛にするより、ちょっとずつ二杯にする方が沢山《ぎようさん》はいってるように見えるやろ、そこをうまいこと考えよったのや」

明治16（1883）年に、文楽の太夫、竹本琴太夫が「お福」という店を開いた。そのころから1人前を2杯のお椀《わん》に分けてぜんざいを出していた。客は誰しも不思議に思う。理由を聞かれた店主の妻と娘は「めおとでんね」と答えたという。本当の理由は柳吉が言った通りだったようだが、粋な答えから「めおとぜんざい」として知られるようになり、今日の『夫婦善哉』へとつながっていった。もちろん今もこの店ではぜんざいを2つのお椀に分けて出す。

紅ショウガの天ぷらといい、カレーに生卵といい、ぜんざいといい、平成の関西人は織田作の時代とあまり変わらない食の文化の中に生きている。

（作品の引用は新潮文庫）

菓子パン

正岡子規『仰臥漫録』

　子規が最晩年の日記『仰臥漫録《ぎょうがまんろく》』の筆を起こしたのは明治34（1901）年のことだった。21歳で初めて血を吐いてから13年。結核菌は子規の全身を侵し、寝返りも打てない体をただあおむけに横たえ、とじた半紙に筆で病床の日々をつづった。
　この日記は子規の並外れた食欲が記されていることでも知られている。書き始め9月2日の食事。
「朝　粥《かゆ》四椀《わん》　はぜの佃煮《つくだに》　梅干砂糖つけ
昼　粥四椀　鰹《かつお》のさしみ一人前　南瓜《かぼちゃ》一皿　佃煮
夕　奈良茶飯四碗　なまり節煮て少し生にても　茄子《なす》一皿
二時過牛乳一合ココア交《まぜ》て　煎餅菓子パンなど十個ばかり　昼飯後梨二つ　夕飯後梨一つ」
　9月17日。

「朝　粥三碗　佃煮　奈良漬　梅干　牛乳七勺位ココア入　あんパン一つ　菓子パン大一つ
昼　粥三碗　鰹のさしみ　零余子《ぬかご》　奈良漬　梨一つ　飴湯《あめゆ》　ゆで栗
夕　ライスカレー三碗　ぬかご　佃煮　なら漬」

恐るべき量と種類だ。死期が近い病者の献立とは思えない。しかし食べ物への希求は、自らに残された命の火の確認でもあった。

その証拠に子規は「この頃食ひ過ぎて食後いつも吐きかへす」と書く。「食事は相変らず唯一の楽《たのしみ》であるがもう思ふやうには食はれぬ。食ふとすぐ腸胃が変な運動を起して少しは痛む」とも。

こんなに食べた子規だが、日々の献立に牛や豚は登場しない。ライスカレーに肉類が入っていたのかわからないし、わずかに登場する「ソップ」（スープ）、「エキス一皿」の具は不明だ。高浜虚子から「ハム」と「ローフ」（ミートローフか）をもらっているが、食べたという記述はない。肉類では鶏肉が多く、鴫《しぎ》、兎《うさぎ》も口にしている。

明治政府は文明開化の名の下に急速な欧化政策を取った。そのひとつが肉食の勧めで、明治天皇が明治5年に牛肉を食べたと報じられて以来、上からの肉食奨励が加速する。福沢諭吉も『肉食之説《にくじきのせつ》』を著して肉食と牛乳の摂取を唱えた。しかし天武天皇の肉食禁止令以来、1200年にわたって獣肉を遠ざけてきた大方の日本人にとって、タブーを捨て去るのは容易なことではなかった。

東京などの大都市には西洋料理の店が続々開店していた。だが外食や出前ではなく、家庭で肉料理を作るとなるとそれ用の調理器具や香辛料、調味料が必要になる。子規の家にあったとは考えにくい。

当時はまだ牛乳を飲む人は少なく、小菅桂子著『近代日本食文化年表』によれば同35年、時事新報が牛乳を飲んだことのない57人に砂糖入り牛乳を勧めたところ、抵抗なく飲んだのは十数人だった。しかし子規は毎日のように牛乳を飲んでいる。栄養を取るためだったのだろう。

登場する野菜が限られている中で目に付くのがキャベツだ。もともとは観賞用だったが、明治の初めに北海道で試験栽培の後、各地に広まった。子規の時代には一般家庭にもなじみのある野菜になっていたことがわかる。

日記には一度だけ親子丼が出てくる。親子丼は日記が書かれた10年前に東京・人形町のシャモ鍋専門店「玉ひで」で考案された。しかし「ぶっかけ飯は下品」とされていたため、店では出さず出前専門だったから、子規もどこかの店から出前を取ったのだろう。

森銑三著『明治東京逸聞史』は明治31年の項に、読売新聞が掲載した巌谷小波から尾崎紅葉に宛てた手紙を収録している。「同〈熱田〉駅にて、当春より親子どんぶりを売出し候」とあって、東京以外にも急速に伝わっていたことを裏付けている。

驚くのは「あんパン」や「菓子パン」が毎日のように登場することだ。例えば9月23日、いつものように朝にご飯を三椀、昼に粥三椀、それぞれ何種類かのおかずを食べた後、間食に「菓子パン小十数個」を平らげている。

別の日の文章に菓子パン4種のスケッチが添えられている。「黒キハ紫蘇《しそ》」「乾イテモロシ」「アン入」「柔カ也」とコメントがつく。このころ様々な菓子パンが市販されていたことが知れる。

日本でパン作りが始まるのは幕末を迎えてからだ。岡田哲著『明治洋食事始め』と安達巌著『パンの日本史』によれば、アヘン戦争（1840～42年）で大国と思われていた清国の弱体ぶりと帝国主義列強の強大な軍事力を見せつけられた幕府は、深刻な危機感を抱く。そこに現れたのがペリー提督に率いられた黒船だった。開国か攘夷《じょうい》か。そんな混乱の中で急務となったのが海岸防備と兵食の研究だった。

幕府の命を受けて江戸湾海防の責任者となった伊豆韮山の代官、江川英龍（坦庵）は、江戸湾の台場（砲台）建設に取りかかるとともに、鉄製大砲を造るための反射炉の建造に取り組んだ。この反射炉が「明治日本の産業革命遺産」として世界遺産に登録された、唯一現存する反射炉だ。

同時に坦庵は長崎・出島でオランダ人からパン焼き技術を学んだ人物を韮山に招く。そして天保13（1842）年4月、自邸にこしらえた窯でパンを試作した。それは厚さ9ミリ、長さ9センチの乾パンだったという。坦庵は「日本のパン祖」と呼ばれるようになり、江川邸跡には徳富蘇峰の筆による「パン祖江川坦庵先生邸」の記念碑が残る。では坦庵はなぜ大砲の製造と並んでパンの研究に打ち込んだのか。

清国を破った英国艦隊が日本に攻めてきたらどうなるか。台場に大砲を並べても英国艦隊の圧倒的な火力には太刀打ちできそうもない。英軍は上陸する。抵抗するにはゲリラ戦と白兵戦しかないが、伏兵が兵糧のメシを炊けばその火で居場所がわかる。集中的な攻撃を受けるだろう。だから火を使う必要がない兵食、つまりパンが不可欠である。坦庵はそう考えた。

米飯と違って火を用いず、携行に便利で、歩きながらでも食べられ、保存が利くパンの兵食としての価値を見いだしたのは幕府ばかりではなかった。

諸藩の中では水戸藩がいち早く軍用パンに目を付けた。安政5（1858）年に長崎のオランダ人からパン焼きのあらましを教わり、直径4～5センチで真ん中に四角い穴の開いた、円形の「兵糧銭」をつくった。紐《ひも》を通していくつも腰に下げれば、緊急時にも携帯しやすい、保存の利く乾パンだった。

長州藩は慶応2（1866）年、陶磁器用の窯でパンを焼くようになる。「備急餅」と名付けられた。薩摩藩も英国の技術によって「蒸餅」をつくり、戊辰戦争に当たって東北遠征用に江戸の「米津凬月堂《ふうげつ》」に乾パンを大量に注文した。

石井研堂著『明治事物起原』に収録されている「風月堂乾蒸餅《ビスケット》製造之要趣」を要約すると「明治元年6月に、薩摩藩から兵糧パンの製造を命じられ黒ゴマ入りのパン5000人分を納めた。薩摩の兵は磐城平から若松の戦いまで、兵糧を炊くいとまがない時は、このパンを食べた」とある。このように日本におけるパンは、乾パンやビスケットの形で軍用食糧として始まった。

明治になって市中にもパン屋が現れる。しかし小菅桂子著『にっぽん洋食物語大全』によると「その頃のパンは、色が黒い上に酸味が強くて、食べても決しておいしいものではなかった」。パンに向く小麦粉がなかったことに加えて製粉技術も未熟だった。

国内にある外国人が営むパン屋は「明治以前から、ビールに苦みをつけるあのホップを煮てその煮汁を使うことにより発酵途中のパンの雑菌と乳酸菌の繁殖を防ぐ方法を知っていた。しかしそんなことを日本人に教えるわけがない。また仮に日本人がそれを知ったとしてもホップが手に入らなかった」。

『明治事物起原』は明治6（1873）年の「珍奇競」から「パンの弁当とかけて仕立の着物ととく、心はいっかしのぎだ」という一文を書き留めている。パンを食べても一時しのぎにしかならない、という意味だ。パンの評判は芳しくない。

戦場にパンを持っていった軍隊だが、平時にはもっぱら白いご飯を食べた。明治2年9月に制定された「兵隊の月給・兵食規則」は「1日1人につき主食白米6合・副食1朱（6銭2厘5毛）」とした。

1食2合だから、調練や演習で体力を使う兵隊たちは朝昼晩と山盛りの丼飯をかき込んでいたことになる。おかずはもっぱらご飯を美味しく食べる添え物扱いだ。

軍隊の食事が示すように長い間、ご飯、菜、汁を食事の基本としてきた市井の人々も、やはりパンには目が向かなかった。いくら文明開化でも、パンをご飯代わりに食べようとは誰も思わなかったのだ。

そんな関係を革命的に変えたのが明治7年に木村屋が発売した「酒種あんぱん」だった。主食ではなく、日本人が愛してきた「あん」を包んだお菓子としての路線を選択したことが大成功につながった。子規が毎日のように口にしたのは食事パンではなく菓子パンだった。この日記は、日本におけるパン受容史の一端をはからずも記録している。

（作品の引用は岩波文庫）

お好み焼きの誕生

高見順『如何なる星の下に』

現代の日本人がこの作品を読んだら戸惑うかもしれない。あれこれの出来事はあっても特段の事件が起きないまま、話は淡々と進んでいくからだ。しかし雑誌「文藝」に連載された昭和14（1939）年当時の読者にとっては、我が国最大の庶民的盛り場、浅草の風俗とそこに生きる人々を活写したトレンディー小説だったに違いない。食の立場から読み直すと、お好み焼きの成り立ちを探る上での重要な手がかりでもある。

冒頭部分。

「軒並《のきなみ》芸人の家だらけの田島町の一区劃《くかく》のなかに、私の行きつけのお好み焼屋がある」。

それも「普通のしもたやがお好み焼屋をやっているのが、三軒向い合っていた」から「お好み横町」と呼ばれていた。つまり東京には、当時からお好み焼きを専門に出す店がまとまって存在していたことがわかる。

主人公が入った店は「風流お好み焼—惚太郎《ほれたろう》」。昭和12年創業の「染太郎」がモデルで、店名は常連だった作者が付けた。

たった一つの火鉢に鉄板をのせて客に焼かせた。その前で「滅茶苦茶にソースをぶっかけた『牛てん』をおかずにして、メシを食っていた」若者がいた。「ビフテキ」も出てくる。「ただ油をひいて焼くだけでなく、焼きながらその上に順次、蜜、酒、胡椒《こしょう》、味の素、ソースの類《たぐ》いを巧みに注ぎかけ」てこしらえる。

作中に列挙された品書きを見てみよう。「やきそば。いかてん。えびてん。あんこてん。もちてん。あんこ巻。もやし。あんず巻。よせなべ。牛てん。キャベツボール。シュウマイ。テキ。おかやき。三原やき。やきめし。カツ。オムレツ。新橋やき。五もくやき。玉子やき」

ご飯のおかずのようなものがあるかと思えば一品料理らしいものもある。それに交じってお菓子の仲間も。この顔ぶれの多彩さにお好み焼きのルーツが隠されている。特に次の描写が目を引く。

「若い男の客が二人来ていて、うどん粉を匙《さじ》ですくって流しながら自分の名らしいローマ字綴《つづ》りを鉄板の上に書いて」いる。主人公も「『あんこてん』を貰《もら》った。あんこをうどん粉に丹念にまぜて、さて自分の名を書こうと」した。

ここには江戸の「文字焼《もんじ》き」、後の駄菓子屋の「もんじゃ焼き」の名残がはっきりと浮かんでいる。文字焼きは溶いた小麦粉を熱した金属板や焙烙《ほうろく》の上に注ぎながら文字や絵を描く遊戯料理で、振り売りの姿が文政11（1828）年の『北斎漫画』にも描かれている。森銑三著『明治東京逸聞史』の明治38（1905）年の項に「駄菓子屋では、子供達に文字焼をさせてくれる。一にぼったら焼ともいう。饂飩粉《うどんこ》に蜜を加えたのを、銅の板の上で、手ン手に焼いて食べる」「丸やら三角やらに拵《こしら》えて、且《か》つ語り且つ食う」とある。江戸末期の子どもたちが路上で楽しんだ文字焼きが、明治になって駄菓子屋に引き継がれた。それが昭和のお好み焼きに続いている。

もうひとつの源流は「どんどん焼き」だと思われる。池波正太郎の『むかしの味』に昭和一桁のころらしい東京下町の情景が描かれている。「町内には必ず一つ二つ、どんどん焼の屋台が出ていたもので」、子どもたちは小遣いを握って通ったのだという。

同書に出てくるメニューを抜けば「エビ天」「イカ天」「パンカツ」「カツレツ」「オムレツ」「おしるこ」「キャベツ・ボール」が並ぶ。惣太郎のメニューと重なっている。

同書の口絵に池波が再現した当時の「牛天」の写真がある。水で溶いた小麦粉の上に牛のひき肉とざく切りのネギがのったもので、重ね焼きだ。

そして池波がどんどん焼きに通っていた時代と『如何なる星の下に』が書かれた時代はほぼ同じ。ということは子どもたちが楽しんでいた文字焼きやどんどん焼きを家の中に持ち込み、大人向けに少し手を加えたのがお好み焼きだったと考えられる。

岡田哲著『たべもの起源事典』によると、どんどん焼きが現れたのは明治から大正にかけてで、関東大震災以後、お好み焼きが流行する。

「お好み焼きは、大阪商人の眼に留まり、大阪に伝えられる。大阪の風土に溶け込み、大発展をする。1946（昭和21）年に、ぼてじゅう総本家ができる」。これは「ぼてぢゅう」の誤りだが、客が焼きやすいように最初から生地と具を混ぜて提供した。「ぼて」と落として「ぢゅう」と焼くのだ。さらに昆布などの出しを加えて大阪好みの風味を醸した。具もより多彩になってモダン焼き、ネギ焼き、とん平焼きなどが生まれ、いまや大阪が本場の感がある。

ここまで書いたように、お好み焼きは昭和初期の東京・浅草生まれと断定していいだろう。大阪に戦前のお好み焼きに関する資料が見当たらないことも、そのことを裏付ける。

では当時の浅草ではどんなお好み焼きが食べられていたのだろうか。

昭和58（1983）年、染太郎を開いた崎本はるさんの米寿を祝って『染太郎の世界が出版された。常連やゆかりの人々が寄せた思い出話を編んだものだ。欄外に店で提供されたメニュー名と焼き方がイラスト付きで載っている。

「あんこまき」は生地の水溶き小麦粉を鉄板に流して広げ、焼けたらあんこを置く。生地を畳んだらできあがり。

生地を畳まず、あんこをくるくると巻くと「てっぽうまき」になる。

生地にあんこを溶いて鉄板に流すだけの「エチオピア」というメニューもあった。ココア色になるのと、かつて噂されたエチオピアの皇太子と日本人女性のロマンスからきた名前だという。

東京・月島や茨城県大洗町のもんじゃの店にはあんこ巻きがメニューにある。つまりこれらのメニューは名前だけではなく実体も、もんじゃ焼きを食べさせた駄菓子屋からの転用と考えて間違いないだろう。

「しょうがてん」は生地に刻んだ紅ショウガを加えて焼く。具によって「えびてん」「いかてん」「牛てん」「ねぎてん」となる。

どれも作り方は簡単で、遊戯料理の色が濃い。これらも駄菓子屋で子どもたちがつくって食べるのに向いている。

生ガキやホタテとネギを焼いて七味入り醤油につけて食べるのが「深川」。生ガキと卵を生地に落として混ぜたものを、そのまま焼くのが「かきたまてん」だ。味付けはソースか醤油。ひき肉とキャベツを生地に入れて混ぜ、片方が焼けたら真ん中に生卵を落とし、裏返して焼く。これが「三原山」。酒の肴《さかな》だろう。

注目したいのは「パンカツ」だ。生地とひき肉を混ぜて半量を食パンに塗る。上からパン粉を散らす。生地の面を下にして鉄板に置く。残った生地の半量をパンの上から塗り、上下をよく焼いてソースを塗る。

池波の『むかしの味』に登場するどんどん焼きの「パンカツ」は「食パンを三角に切ったものへ、メリケン粉（卵入り）を溶いたものをぬって焼き、ウスターソースをかけたもの。パンカツの上は牛の挽肉を乗せて焼く」というものだ。

材料や焼く手順に多少の違いはあっても、食パンに生地を塗って焼き、ソース味で仕上げるという基本は同じだ。どんどん焼きのメニューがお好み焼きの店に移動したことを物語っている。

生地と具を混ぜて焼く簡便なメニューもあるが、もっと手が込んで「お好み焼き」と呼べるレベルになると焼き方が違った。

店の名前を冠した「おそめやき」は生地を鉄板に広げ、三方にひき肉、干しえび、生イカを置く。生地の真ん中に卵を落として焼きそばをのせ、刻みキャベツを振る。上から残った生地をかけてひっくり返し、ソースや青海苔《のり》をかける。生地と具が混ざっていない。重ね焼きだ。

欄外には「お好焼を作る時のコツ」というのがあって「うらをかえしたら中心から外へひろげていき、倍ぐらいの大きさにのばすのがコツ」と説明がついている。イラストを見ると生地は紙のように薄い。これが刻んだキャベツなどを主とした混ぜ焼きの生地なら、倍に広げようとすると崩れるだろう。染太郎のお好み焼きの基本は重ね焼きだったと見るのが自然だ。

お好み焼きがご当地グルメになっている広島は重ね焼きで駄菓子のイカ天が入り、うどんや焼きそばを加えるのが標準だ。同じ広島県の府中市の府中焼きは豚肉の薄切りではなくミンチを使うのが特徴だが、これも重ね焼き。富士宮のお好み焼きも同様。牛すじやジャガイモを具にした兵庫県高砂市の「にくてん」も重ね焼きだ。大阪の混ぜ焼きとの違いが際だっている。

つまり全国に点在する重ね焼きのお好み焼きは、浅草生まれのお好み焼きにつながるもので、戦後の大阪で混ぜ焼きが考案される以前の姿をとどめていると考えれば説明がつく。なのに重ね焼き発祥の地、東京のお好み焼きは戦後の食糧難で一時途絶え、復活したら大阪と同じ混ぜ焼きになっていた。ちょっと残念。

（引用はほるぷ出版）

すし

志賀直哉『小僧の神様』

仙吉は神田で秤《はかり》を商う店の少年店員、当時でいう小僧だ。番頭たちがすしを食べに行こうと相談している。「そろそろお前の好きな鮪《まぐろ》の脂身が食べられる頃だネ」「何でも、与兵衛の息子が松屋の近所に店を出したと云《い》う事だが」

このやりとりの中から、作品が発表された大正9（1920）年ごろの東京すし事情がうかがえる。その前にまずはすしの成り立ちから。

すしはもともと、魚や動物の肉に塩を加えて発酵させたものだった。日比野光敏著『すしの歴史を訪ねる』によると文献的には奈良時代の養老、天平年間にまで遡《さかのぼ》ることができるという。琵琶湖のニゴロブナを塩漬けにしてご飯で乳酸発酵させた「ふなずし」が、いまにその姿を伝えるとされる。

時代が下るに従って発酵時間を短くする工夫が重ねられ、近世以降になると発酵させず酢を加えて短時間でこしらえるすしが主流になる。押しずし、アユやサバの身を使った姿ずし、巻きずし、いなりずしなどが登場する。

やがて魚介の切り身を、握ったすし飯にのせる形態のものが登場するが、それを完成させ、一挙に江戸名物にしたのが作中で語られる「与兵衛」、つまり両国の華屋《はなや》与兵衛で、文政年間（1820年代）のことという。

ただ番頭たちが話題にしていた店は与兵衛系列ではないだろう。というのも、この店は立派な店舗を構え、基本的に鮪は握らなかった。明治末に刊行された小泉清三郎著『家庭鮓《すし》のつけかた』は明治の与兵衛ずしのネタを記録しているが、そこに鮪はない。

日比野著『すしの貌《かお》』に転載された内容を書くとこうなる。

「春はシラウオ・タイラガイ・ヒラメ・小ダイ・サワラ・サヨリ・マス、夏はクルマエビ・キス・アワビ・アジ・シマアジ・カスゴダイ（タイの幼魚）、秋はアユ（姿漬けの押しずし）・コハダ・細巻き、冬はサバ・アカガイ・ミルガイ・海苔巻き・トリガイ・イカが挙がる」

すべての材料は塩、酢、醬油などで下味をつけるか加熱処理されていた。冷蔵技術がない時代、こうしないと生ものはもたなかった。

これは高級店の話で、庶民が楽しんだすしは屋台で売られていた。そこには鮪もあった。

そこで仙吉は用事を言いつかったついでに屋台のすし屋に思い切って入る。「脂で黄がかった鮪の鮨《すし》」が食べたくて「五つ六つ鮨の乗っている前下がりの厚い欅板《けやきいた》の上を忙《せわ》しく見《み》廻《まわ》し」鮪のすしを見つける。

江戸のころからすしの屋台は、このように握ったすしを台に並べ、客が好みのものをつまむ形式だった。

ところで江戸の人々はいつごろから鮪をすしとして食べるようになったのだろうか。「天保の末に鮪の大漁があって、そのころまで鮪は魚の中では上等のものとしてあつかわれていなかったので、その鮪の処置に困って捨てようにも場所がなかった。そのとき日本橋馬喰町の恵美寿鮨が試みに鮪をタネに使ったところ、江戸ッ子の気風に合って流行した」（宮尾しげを著『すし物語』）

さて、仙吉を偶然知った貴族院議員のAは、仙吉を屋台ではなく店を構えたすし屋に連れていく。仙吉はそこで生まれて初めてすしを、しかも3人前を平らげる。江戸や明治の風俗画を見ると、屋台のすしはいまより相当大きそうだが、実寸はわからない。仙吉が食べた1人前が何個であったかも書かれていない。

仙吉が連れていってもらったような店は確かに高級ではあったが、商売という点では屋台の方がはやっていた。そこでこれまでの商売をしながら、前に屋台を出す店も現れた。店舗の中に屋台風のものを置くところもあって、これが後のすし屋のカウンターにつながっていく。

屋台店だと、あらかじめ握ったものを並べていれば、中には売れずに食べられなくなるものも生じる。このため注文を聞いてから握るようになった。こうして次第にいまのすし屋の原形ができあがっていく。仙吉の時代はまさに過渡期にあった。

関西にはもともと押しずしの文化があった。岡山のばらずしのように郷土料理として伝えられてきたすしも各地にある。それなのに、なぜいまは江戸に発した握りずしが日本中を覆い尽くしているのか。

大正12（1923）年の関東大震災を機に、関東地方のすし職人が全国に散らばって江戸前のすしを伝えたという面もあった。しかしそれだけではなかった。『すしの歴史――』に明確な答えがある。

食糧難の昭和22（1947）年、外食券食堂などを除く料飲業者は「飲食営業緊急措置令」によって営業できなくなった。そのとき東京のすし商組合は「自分たちは飲食業者ではなく委託加工業者である」と主張し、米1合を握りずし10個と交換する方式を役所に認めさせた。つまり飲食代金ではなく加工賃を受け取るというわけだ。

全国のすし屋が生き残るために、こぞってこの方式にならった結果、すしは東京流の握りずしでなければならなくなった。

こうして全国に広がった江戸前の握りずしだが、いまの日本で庶民が気軽に食べられる店というと回転ずしだろう。これまでのすしの歴史が長い時間をかけながら、自然条件を応用しつつ変化したのに比べると、回転ずしの発明から今日までの歩みは技術開発競争そのものだった。岡田哲著『たべもの起源事典』、元禄産業のホームページにある「回転寿司の歴史」、公益社団法人発明協会の「戦後イノベーション100選」などによってその成り立ちと変遷をたどってみる。

白石義明という人物がいた。戦前は中国東北部で天ぷらの店をやっていたが、終戦とともに引き揚げてきて昭和22年に大阪の布施（現東大阪市）で立ち食いずしの店を開いた。4貫20円という破格の安さが人気を呼び、客があふれて注文に応じきれない。しかし職人は簡単に集まらず、深刻な人手不足に悩むようになった。

ビール工場を見学したとき、ベルトコンベヤーで運ばれる瓶に次々とビールが注入されるところを見てひらめいた。このシステムをすしに応用できないかと。知り合いの鉄工所の協力を得てコンベヤーの開発に取り組むようになったものの、すぐに壁にぶつかった。コーナーに差しかかると、止まったり外れたりする。スムーズに回すにはどうすればいいのか。

あるとき名刺の束を親指と人さし指で広げてみると扇形になった。これがヒントになり半月形のプレートをつないだコンベヤーの開発にこぎ着ける。皿が流れるスピードは1秒8センチ。右手で箸を握る人が多いので、あいた左手で皿を取りやすいように時計回りとした。

こうして同33年、同地に「廻る元禄寿司」1号店を開いた。広さは約20坪でカウンターだけ。主に1皿4貫50円だった。白石は同37年、開発に10年の歳月を要したこのシステムを「コンベア附調理食台」として実用新案登録する。

一方、仙台で屋台ずしの店を営んでいた江川金鐘は、中華テーブルにヒントを得て回転ずしのシステムを考案していたが、白石の実用新案が登録されていたために営業できなかった。しかし両人ともすしを庶民的な値段で提供しようという思いは同じ。そこで西日本は白石、東日本は江川が担当することにして同43年に元禄寿司が仙台に開店した。

回転ずしが全国に知られるようになったきっかけは同45年の大阪万博だった。会場に出店した元禄寿司には日本人だけではなく多くの外国人も訪れ、近未来的な飲食風景が話題になった。これで弾みがつき、回転ずし、すなわち元禄寿司という図式で全国を席巻した。

ところが同53年に実用新案権の期間が満了すると、この業界に新規企業が一斉に参入してきた。市場からではなく直接漁師から仕入れる企業も現れて食材の供給ルートが変化し、激しい価格競争が繰り広げられるようになる。

その過程で技術革新による合理化とコストカットが積み上がっていく。同48年に石川県の石野製作所が自動給茶装置を開発して元禄寿司に提供。同49年には北日本カコーがコンベヤーと給茶装置、皿洗浄機をセット化した。

人件費の合理化は大きな課題で、そのためにすしロボットの開発が進んだ。ロボットがしゃり（ご飯）を炊き、しゃり玉を成型する。人間はその上にネタをのせるだけでできあがる。客の前ではなく、バックヤードでこの作業をしてレーンに流せば、職人ではなくアルバイトでもこなせる仕事になった。

その後、東洋冷蔵が、魚をさばいて「サク」にし規定の厚さに切り分けて真空パックにした状態で納品する技術を開発した。皿の底につけたＩＣタグを読み取る自動皿勘定システム、カウンター前のタッチパネルで注文するシステムもいまでは当たり前になっている。

魚の保存のために発酵を利用することから始まったすしが、発酵を省略して現代の握りずしになったのだが、いまやそこはＩＴ（情報技術）が活躍する場でもある。日本のすしはこれからどんな道を進んでいくのだろう。

（作品の引用は新潮文庫）

牛鍋

夏目漱石『三四郎』

明治41（1908）年、朝日新聞に連載されたこの小説を、100年後の現代人がどう読むかはそれぞれだろうが、食の視点から見ると興味深い点がいくつもある。

三四郎は東京帝国大学に入るため、熊本から名古屋までの汽車に乗って東京を目指した。昼時になり「前の停車場《ステーション》で買った弁当を食い出した」。さてその弁当とはどんなものだったのか。「三四郎は鮎《あゆ》の煮浸しの頭を啣《くわ》えたまま女の後姿を見送っていた」と描写されている。

日本で最初の駅弁は同18年に宇都宮駅で誕生したという説が有力だ。小菅桂子著『近代日本食文化年表』も一応この説で、内容は「梅干し入り握り飯2個。たくあん添え。5銭」。同年表で駅弁をたどると、その2年後の同20年、山陽鉄道の姫路駅で折り詰め弁当発売とある。ただ江原絢子・石川尚子・東四柳祥子著『日本食物史』は1年違っていて「明治二十一年、姫路駅で経木折に入った幕の内弁当が売られ」たとしている。

三四郎が食べた弁当は鮎の煮浸しなどのおかずが詰まった折り詰め弁当で、彼は食べ終わると「空になった弁当の折を力一杯に窓から放り出した」。姫路で生まれた折り詰めの駅弁が急速に普及し、沿線の各駅で売られるようになっていたことを裏付ける。

ついでに書くと大正12（１９２３）年に駅弁の売り上げが年間1億個に達したといい、いまに続く日本人の駅弁好きがこのころ定着した。

こうなると食べ終わった弁当容器の処理の問題が出てくる。いまでは考えられないが、三四郎は経木の弁当箱を窓から捨てているし、隣り合わせになった「髭《ひげ》のある人」も「散々食い散らした水蜜桃の核子《たね》やら皮やらを、一纏《ひとまと》めに新聞に包《くる》んで、窓の外に抛《な》げ出した」。要するに窓からポイが普通だったのだ。捨てられたゴミは沿線の住民が片付けたのだろうか。『日本食物史』は「年間一億個にものぼる弁当の空き箱処理に悩むこととなり、すし、サンドウイッチに紙箱を使用するようになった」と書いている。

さて、三四郎が東京の生活にやや慣れ、旧来の女性像ではつかみきれない里見美禰子《みねこ》に惹《ひ》かれるようになったある日、学生の親睦会が開かれる。そのくだりにいまでは理解しづらい場面が登場する。

「三四郎は熊本で赤酒ばかり飲んでいた。（中略）たまたま飲食店へ上がれば牛肉屋である。その牛肉屋の牛《ぎゅう》が馬肉かも知れないという嫌疑がある。学生は皿に盛った肉を手攫《てづか》みにして、座敷の壁へ抛《たた》き付ける。落ちれば牛肉で、貼付《ひっつ》けば馬肉だという。まるで呪《まじない》みた様な事をしていた」。どんな背景があって、そんなことをしていたのだろう。このくだりは日本人が盛んに肉食をするようになったころの社会の一面を物語っているのだが、それはどのようなものだったのか。

江戸時代まで都市に暮らす多くの日本人は動物の肉を避けてきた。それが明治維新後、肉食奨励に切り替わる。日本人の食生活史にとって激変といっていい。当時の肉食関連の出来事を西東秋男著『日本食生活史年表』から抜き出す。

明治2（1869）年。

築地商社、洋種牛・豚および製乳機械をイギリス商人から購入。

神戸元町に牛鍋店開業。

通商司、築地牛馬会社を設立し、搾乳と牛の食肉処理を開始。肉食の奨励普及に努める。

明治天皇、皇居で白牛5頭の搾乳を天覧。

横浜に居留外国人による牛の処理場開設。
東京市内に牛鍋屋が相次いで開業。
明治3年。
築地に民間の牛馬会社が設立される。
前田留吉、東京芝区西久保の天徳寺前に牧場を開設。
明治4年。
野口兵二、高輪に牛の処理場設置。
このころ、各地で搾乳目的の乳牛飼育が盛んになる。
仮名垣魯文、『安愚楽鍋』を刊行し、流行の新商売、牛鍋屋を舞台に牛肉を礼賛。
榎本武揚、飯田橋3丁目に牛乳搾乳所「北辰社」を創業。
明治5年。
明治天皇、肉食奨励のため初めて牛肉を食べられる。
僧侶の肉食、妻帯、蓄髪を許可。
京都府、牛乳の飲用を奨励。
文部省、肉食と牛乳飲用奨励のため、近藤芳樹に『牛乳考』などを執筆させ、迷信打破に努める。

神戸牛の肉が世界一と在留外国人の間で名声高まる。

明治7年。

東京市中で牛乳搾乳のための牧畜を許可。

加藤祐一、『文明開化』を著し、神道の立場から肉食の効用を説く。

「公文通誌」が「明治初年の東京の1日当たり牛の処理数は1頭半。5年末には20頭となる。20頭は5000人分」と書く。

このころの牛の処理数、東京で1日14〜15頭。横浜・横須賀では1日90頭で、その半分は東京に送られる。


こうして見ると上からの奨励色が濃いが、民間でも将来の肉食と牛乳の普及をにらんだ動きも急だった。

だが庶民は肉食への心理的抵抗が根強い。調理器具もない。そこで牛肉を日本料理の方法で調理する工夫を凝らした牛鍋の店が、早くも明治2年の横浜に開店している。関西では牛のすき焼きが登場する。食べ慣れない牛肉も薄く切って味噌、醤油、砂糖などで味付けすれば、箸で食べる酒のつまみ、ご飯のおかずになった。こうして明治の深まりとともに牛鍋は東京や横浜を中心に広まり、熊本にも「牛肉屋」があったことが作品からわかる。

明治10年時点で東京府下の牛肉店は558店を数えるまでになっていた。全国の牛の処理数は年間3万3959頭に上り、牛肉は確実に日本人の食生活に根付いていく。だが牛肉食が盛んになる過程で供給が需要に追いつかなくなる。そこでひそかに行われたのが馬肉の混入だった。

馬肉も牛肉同様、明治に入って食べられるようになった。『近代日本食文化年表』を追っていくと東京に最初の馬肉を売る店ができたのが明治10年。その10年後に馬肉専門店が出現し、翌年には馬肉店が東京府下だけで85軒に増えた。日本人は牛肉とともに馬肉も普通に食べるようになったのだ。馬肉が人気を呼んだのはその安さだった。そこに目をつけた悪質な業者が牛肉への馬肉混入を始めたわけだ。「見分けがつくまい」と高をくくってのことだったろう。

「東洋学芸雑誌」は牛肉と馬肉の鑑別法を紹介し、同時に9カ所の牛肉店から買った肉を調べたところ、3カ所は問題がなかったものの4カ所は馬肉の疑いが残り、2カ所は完全に馬肉だった。問題がないのが検体の3分の1というのは、相当にひどい結果だ。現代で言えば「食肉偽装」が横行していた。

後を絶たない馬肉混入に業を煮やした警視庁は同22年、ついに摘発に乗り出して、ある業者を科料とし、別の業者を5日間拘留したという記録が残っている。

熊本時代の漱石や教え子の旧制五高の生徒たちは、牛肉と偽った馬肉を食べさせられた経験があったのかもしれない。だから三四郎たちが壁に肉片をぶつけて牛肉か馬肉かを判別している場面を書き残したと思われる。

ただ雑誌が紹介した鑑別法がどんなものだったかは不明。三四郎たちのやり方で本当に肉の違いを見分けることができたかどうかも不明だ。当時の日本人はまだ牛肉と馬肉を見た目だけでは区別できなかったことが、一連の事実からわかってくる。もっとも赤身ならいまでも区別しにくいかもしれないが。

馬肉混入で警察の摘発が始まる直前、牛鍋から現代の食につながる食べ物が誕生した。岡田哲著『明治洋食事始め』によると「今日の牛丼の元祖、牛飯屋が出現したのは1887年（明治20）頃である。牛のコマ切れにネギを入れて煮込み、丼飯にかけたもので、『牛めしブッカケ』とも呼ばれた」。

牛鍋の具は牛肉とネギが基本だったから、ブッカケもそれを踏襲している。ネギからタマネギへとやや形は変わったものの、手軽さと安さから牛飯は牛丼となり、昭和、平成を通して何社もの大手チェーンがしのぎを削る国民食の座を占めている。

作中、三四郎たちが熊本で盛んに飲んでいたという「赤酒」はいまも健在だ。もちろん赤ワインのことではない。

日本酒を造る場合、加熱して雑菌を殺し、酸敗を防ぐのが現代の製法だが、その方法が確立されていなかったころ、アルカリ性の灰汁《あく》を加えて酸化を防いでいた。このため酒の糖分などが変化し、色が赤くなる。

いわば古い醸造法なのだが、江戸時代の肥後細川藩は清酒を造ることも、他藩から入れることも禁じ、赤酒は熊本の「お国酒」となった。昭和の一時期、姿を消したものの、戦後復活した。いまでも熊本のお屠蘇《とそ》やお神酒は赤酒だという。

（作品の引用は新潮文庫）

戦時下の食

古川緑波『ロッパの悲食記』

著者の緑波《ろっぱ》は戦前、戦後の喜劇俳優。戦前はエノケンこと榎本健一と並ぶ人気を誇り、食いしん坊としても知られていた。『ロッパの悲食記』は太平洋戦争の敗色が濃厚になってきた昭和19（1944）年の日記抄、「食談あれこれ」、戦後の同33年の日記抄からなる。

「食談あれこれ」の中に「牛鍋からすき焼へ」という興味深い一文がある。明治になって日本人は牛肉を和食の調理法に取り込んで食べるようになった。関西のすき焼き、関東の牛鍋だ。すき焼きは牛肉を牛脂で焼き、牛鍋は醬油やみりんで調えた「割り下」で煮るという違いがあった。

時代は定かではないが緑波が最初に牛鍋を食べたのは四谷見附の三河屋で、割り下がかかった牛肉が出てきた。「ザク」（具）はネギ。シラタキがあったかもしれない。

そんな東京の牛鍋ばかりを食べていた緑波が関西のすき焼きを初めて口にしたのは大正になってから。「ザラメを入れる、味噌を入れる。ザクの数が又、やたらに多い、青い菜っぱ、青い葱《ねぎ》、ゆばから麩《ふ》まで入れる。そこへ又、牛肉そのものの、薄い大きい片を、まぜこぜにして、ぶち込んで、かき廻《まわ》す」

これには驚いたが大阪のあちこちで食べるうちに、牛鍋とは別もののすき焼きとして気に入っていく。

そのすき焼きが関東に進出してきたのは「大正十二年の関東大震災の後ぐらいからではあるまいか」。それから次第に関東でも牛鍋ではなくすき焼きと言うようになった。

いまでは関東のすき焼きの具は多彩になり、生卵が加わって関西の影響が鮮明だ。しかし依然として割り下派も根強い。そこに牛鍋の名残を見ることができるのだが、こうなった事情については、この後紹介する『濹東綺譚《ぼくとうきたん》』の中で永井荷風が語ってくれる。

さて、本題。戦時昭和は「悲食」の時代、つまり未曽有の食糧難が国民を襲った時代だった。東京府が食堂、料理店などに米飯使用禁止を命じたのが同15年8月のこと。「贅沢《ぜいたく》は敵だ」のスローガンが街にあふれた。

翌16年、六大都市（東京、大阪、名古屋、京都、神戸、横浜）で米の配給通帳制実施。清酒も配給になった。17年は「欲しがりません勝つまでは」。清酒へのアルコール添加が始まる。18年になると米麦の買い出しに罰則が適用されるようになり、その裏でヤミ物資の摘発が繰り広げられた。

日記が書かれた19年、東京に「雑炊食堂」ができた。ビアホール、喫茶店などを転用したもので、1日60万食を提供したが、雑炊が入った丼に箸を立てて倒れなければ「合格」、倒れたら「不合格」だったと、当時の毎日新聞が書いている。

その年、警視庁が高級料亭、待合などを閉鎖。警察署単位でできた「国民酒場」は1人当たり日本酒なら1合、ビールなら1瓶または半リットルのジョッキ1杯だった。しかし大食家の緑波には、こんなもので足りるはずがない。

翌年夏に敗戦を迎える19年の元日に「取っときの、ジョニーウォーカーの黒を抜き、牛肉あり、機嫌よし」。5日には「I主計少佐、ホワイトホース一本、シャムパンの小瓶一本土産に来訪、狂喜」。舞台がハネて「豚肉あり」と知らせてきた某店で「大いなる豚カツ、ドライカレー」を食べている。

7日、楽屋で鶏を1羽つぶしてすき焼きに舌鼓を打ち、夜は柳橋の某店で天ぷら、牛肉、ホワイトホース。9日には海軍主計中佐K氏がジョニーウォーカーの赤2本持参で楽屋に現れる。軍にはまだ物資があった。10日には作曲家、古賀政男に招かれて新橋の料理屋で「御馳走《ごちそう》フンダン」。このときサントリーの7年ものを持って行く。

登場する「御馳走」はすべて取り締まりの目を逃れて手に入れたヤミ物資で、ヤミの食材をひそかに扱う店は隠語を使った。25日の日記に緑波は書く。

「品川の、キン坊へ、昼食に行く。『本日は晴れ』という電話が、かかったのでさっそく出かけた。

「材料豊富。ポタージュ、ハンバーグ、ビフテキ、ポークカツレツ、アイリッシュ・シチュウ、そしてカレーライスなり」

「本日は晴れ」は材料ありという意味だった。そして本当にご馳走が出た。

だが日を追ってヤミの食材も手に入りにくくなる。3月12日、くだんのキン坊に行ったが閉まっている。心当たりのもう1軒も同じ。

「ああもう生きててもつまらない！　淋しく帰って、うどん粉の型焼を、モシャモシャ食う」

だが8月に大阪の劇場に出演すると、東京より食糧事情はよかったらしい。「吉本林氏」は毎日楽屋に弁当を届け、連日連夜ご馳走を振る舞った。「鱧《はも》を梅肉で食う夏の味も覚えた」

「吉本林氏」というのは吉本興業の創業者、吉本せいの弟で、戦後に社長となる林正之助のことだろう。

　ロケで訪れた地方都市でややぜいたくができたのが最後で、暮れの30日の日記には日劇に近い八洲亭に行っても「スパゲティの屑《くず》と、無名魚の唐揚げ、カレーの汁」しかなかった。

　緑波は「悲食」と嘆くが、多くの都市生活者に比べれば、有名人の役得も手伝い格段にいいものを食べていた。戦争は庶民の食生活にどんな影を落としたのか。斎藤美奈子著『戦下のレシピ』に拠《よ》って見てみよう。

　政府が日中戦争とそれに続く太平洋戦争に備えるために「国家総動員法」を制定したのは同13年のことだった。これによって生産から流通まですべての経済活動が政府の管理下に置かれる「統制経済」の時代に突入する。国民をこぞって戦争遂行に協力させるための「国民精神総動員運動」も活発になる。

　食生活の面ではまず「節米」が求められた。海外に展開する軍隊に米を送らなければならない。しかし国内では働き盛りの農民が戦地に駆り出され、生産性が落ちていた。そこに当時日本の植民地で米の供給元だった朝鮮が干ばつに襲われる。だから家庭で消費する米を節約せよと呼びかけたわけだが、なかなか成果はあがらない。

当時の日本人は驚くほどの量の白米を食べていた。同書によれば、1人当たりの年間消費量は「一日約三合（四五〇グラム）、都市部ではもっと多くて約三合半（五〇〇グラム）」「ご飯にすると、お茶碗で九―一〇杯分。一日三度、三膳ずつおかわりをしていた勘定だ」。白いご飯を腹いっぱい食べる生活を続けてきた国民に「米を減らせ」という呼びかけは無力だった。

冒頭に書いた六大都市での配給通帳制導入は、限られた米を平等に分配するのが目的だった。その結果、11歳から60歳までの1日1人当たりの配給量は330グラムとなり、平均的な量のご飯を毎日食べていた人にとっては4分の1も減らされた計算になる。

東京市の場合、米に続いて小麦粉、酒類、燃料、食用油、卵、魚、菓子、塩、醤油・味噌、パン、青果と主な食料が配給制になる。予定通りの配給があればやりくり次第で何とかなっても、遅配、欠配が起きればたちまち食べる物がなくなる。

人々は汽車に乗り、遠くの農家に米や野菜を買い出しに行った。そうでなければヤミ物資に頼るしかなかった。食料品の多くは、政府が定めた公定価格でしか取引できないことになっていたが、ヤミ市場での値段は公定価格の何倍、あるいは何十倍もした。警察の取り締まりは厳しかったものの、人々の「食べたい」という欲求に支えられて物資がある間は根絶が難しかった。だから戦争末期になるまで、緑波もヤミ物資による飲食店の裏口営業の恩恵に浴している。

敗戦の年、同20年になると食べ物は払底した。個人の庭や校庭にはサツマイモや野菜が植えられ、道端の野草も貴重な食べ物になった。国民は戦局の悪化とともに飢えに苦しみ、米やその他の食料品を求めて右往左往した。そんな時代があったのは、わずか七十数年前のことだ。飽食に慣れたいまの若い人々は想像できるだろうか。

戦争が終わってから、さらに食糧難に拍車がかかる。その模様はこの後で。

（作品の引用はちくま文庫）

ヤミ市

田村泰次郎『肉体の門』

作品が書かれたのは昭和21（1946）年12月。そのころの記録を捜すと、毎日新聞社刊『昭和史全記録』が敗戦から2カ月後の同20年10月の警視庁保安課資料を載せている。銀座に「進駐軍」相手のビアホール、キャバレーが復活し「オアシス・オブ銀座」という店には400人ものダンサーがいた。浅草六区興行街のにぎわいは戦前以上で、上野には20万人の乗降客が捨てる弁当の残飯を目当てにした路上生活者が2000人いた。新宿には公認の新宿マーケットがあり、毎日十数万人の客でにぎわった。

新宿、池袋などに非公認のヤミ市が200もあり、店の数1万7000軒。露天商人は推定8万人だったという。大阪にも阿部野橋から霞町ガード下まで2キロに及ぶ露天市があった。

日本食糧新聞社編『昭和と日本人の胃袋』はさらに詳しく書く。「20年8月15日に無条件降伏すると、その五日後の8月20日に東京・新宿の焼跡によしず張りのマーケットができる。軍需産業の下請け業者が手持ちの製品や半製品を改造したナベやフライ鍋、皿、素焼七輪など日用雑貨用品が多かった」「東京の盛り場という盛り場や、駅前の焼跡に露店市場ができ、銀座八丁目までが場末の盛り場と同様にずらりとヤミ露店が並ぶ」「最初は日用雑貨品が多かったが、食糧難を反映して次第に野菜や魚、食べ物などを売る露店がふえる。しかし値段は高く一般大衆には高値の花であった。この年の秋から21年春にかけてヤミ値は公定の三〇倍ないし四〇倍になった」

戦中の食糧難もひどいものだったが、戦争が終わると内地や外地の兵隊たちが家に戻ってきた。その分、よけいに食べる物が必要になったが食糧はない。戦後も食糧や生活物資の公定価格、配給制度は残った。残ったが国民には行き届かなかった。

同22年7月、食糧不足を乗り切る苦肉の策として政府は「飲食営業緊急措置令」を施行、外食券食堂、旅館、喫茶店などを除く料飲店営業を全国で休止とした。

そんな戦後の混乱と喧噪《けんそう》に覆われた東京の盛り場には、春をひさぐ大勢の女性たちがいた。空襲で家族を失い天涯孤独となった者。あるいは夫を戦地で亡くし、寄る辺もない者。それは生きていくための最後の手段だった。

この作品は焼け野原となった東京の有楽町から勝鬨《かちどき》橋までを縄張りにする「街のしょう、

ばいい娘」たちのグループと、彼女たちのねぐらに転がり込んできた1人の復員兵が織りなす恋と肉体の物語だ。久しぶりに読み返すと官能的というより、むしろ女性の微細な心理を描いた物語だった。

描写の中に当時の食の情景が浮かび上がる。まずひそかに高値で取引される米。「腐った泥の匂いのする掘割」にひっそりと入って来た小舟に娘の1人が声をかける。「『小父《おじ》さん、ここはお関所よ。ただとはいわないから、安くして、すこし置いてきなよ。なんだったら、身体ととっかえてもいいわ』米の闇船をからかうのだ。木更津あたりから夜出てくる船である」

『昭和と日本人の胃袋』にこんな記述がある。「決定的だったのは20年産米の明治38年以来の大減収で、食糧需給の前途は依然不安となった。実収高は平年作が六五〇〇万石見当なのに、なんと三九〇〇万余石と発表された。官僚的供出制度にもとづく過少申告がなされた結果とみられ、隠れた収穫量は一〇〇〇万石はあるとされた。これがヤミ米となった。ともあれ、大減収の結果、21年5月ころには食糧危機の到来は必至とされ、一〇〇〇万人餓死説がとなえられた」

つまり、農家は安い公定価格で政府に供出するより、ヤミ市場に流す方が利益ははるかに大きい。そこで収量を少なく申告したわけだ。

ヤミ業者は農家から直接買い付けた米を、監視の目を盗み消費地＝都市に運んで、配給ルートに乗せずに売りさばいた。そんな様子の一端が、夜の掘割を静かに進む小舟の情景から浮かんでくる。

そして娘たちは壊れたビルの地下に暮らし、断ち切られた水道管から出る水で「米をとぎ、横文字のはいったバターの二ポンド入り空缶を飯盒《はんごう》がわりに、飯を炊く」。進駐軍の放出品の空き缶だろう。

復員兵の伊吹新太郎が警察官に拳銃で撃たれ、娘たちのねぐらにやって来る場面では「誰か焼酎買ってきてくれねえかなあ、表の屋台で。どんなのだって、かまわねえ」「あたいが買ってきたげる」というやり取りがある。

別の酒盛りの場面で「『メチルかも知れねえが、飲みたい者は飲めよ。俺は飲むが』――伊吹新太郎がコップについだ焼酎を飲んだ。『あたいも飲むわ』ボルネオ・マヤは伊吹の手からコップをうばいとって、ぐっと一口あおった。『死んだって、知らないよ』伊吹が笑った」。

小菅桂子著『近代日本食文化年表』は「露天の飲食店などでメチルアルコールが飲用に

販売され、各地でメチルアルコール中毒による死者や失明者が続出」という、同21年8月の記事を掲げている。作品世界と同時期の記録だ。

工業用に使われるメチルアルコール（メタノール）は劇物で視神経や中枢神経を侵す。にもかかわらずヤミ市で売られ、危険を承知で飲む者は後を絶たなかった。

伊吹がマーケットにつないであった「野菜を積んできた葛飾の牛」を盗んできて、みんなで食べるくだりがあって、その翌日のこと。伊吹が食べ残した牛肉を手に出て行こうとする。

「明日でいいんだろう」「昼間、あんなのを持って歩けるけえ。俺の知っている中華へちょいとはいってくらあ」

前回紹介した古川緑波の『ロッパの悲食記』は敗戦間際の東京に裏口商売の飲食店があったことを記していた。緑波は電話の隠語で料理の材料が手に入ったことを知らされ出かけていった。敗戦直後の東京にも半ば公然と営業するヤミ市が姿を現し、米や野菜を運び込む海陸のルートがあった。政府が法令で飲食店の営業を禁じても、人間の食への根源的な欲求を抑えることは不可能だった。戦中と同じように飲食店は裏口営業で客の要望に応え、そこに持ち込まれるヤミ物資や隠退蔵物資は高騰して、戦後インフレに拍車をかけることになる。伊吹が持ち込んだ牛肉には高い値がついたことだろう。中華の店ではそれを調理し、またまた高値で客に食べさせたに違いない。

ただ戦中と戦後には違いがあった。伊吹は警察の目を意識して「昼間、あんなのを持って歩けるけえ」と言っているが、国民一般にヤミに対する罪悪感が薄らいだことだ。『昭和と日本人の胃袋』によると、戦前の同16年に決められた配給制度では、1日の栄養量を31〜50歳の男子が２４００キロカロリー、女子が１９００キロカロリーとしていたのに、戦後の同21年2月から7月までの大蔵省職員の家庭では1日1人当たりの摂取熱量は１３８０キロカロリーしかなかった。配給だけだとわずか８６４キロカロリー。これでは生きていけない。事実、そのころ配給に頼っていた高校教師が栄養失調で亡くなっている。

しかも同21年4月から主食の遅配が始まり、後に遅配日数は北海道で73・3日、東京が21日、神奈川・大阪が18日、福岡16日という具合に、配給だけでは餓死するしかない状況になっていた。だから「主食の遅欠配はヤミを正当化せずにおかなかった」。

焼け跡の日本人は戦争に敗れてなお、ひもじさとの戦いを続けなければならなかった。ヤミ市で法外な値がする食べ物を買う金がない人々は近郊の農家を訪ね、大事にしていた着物などをわずかな米やサツマイモなどと交換する、いわゆる「たけのこ生活」を続けることになる。食糧事情が安定の兆しを見せるのは同23年ごろだった。そのころになって、ようやく戦後復興の槌音《つち》がそこここで響き始める。

（作品の引用は角川文庫）

白米と脚気

和田英『富岡日記』

群馬県富岡市に官営富岡製糸場がその威容を見せたのは明治5（1872）年。『富岡日記』の著者、信州松代藩の武家に生まれた和田英はその翌年、同郷の15人の女性たちとともに工女になった。

製糸場開場の前年に廃藩置県があったばかりで、信州も富岡がある上州もまだ江戸時代そのものだった。レンガに覆われた製糸場の建物群は、錦絵から飛び出したように見えた。英たちはそこでフランス人の指導を受けながら、最新の器械製糸技術を学ぶことになる。

この作品には「食物のこと」という一項があって、英たちが製糸場で何を食べていたかが記されている。最初は部屋にご飯やおかずが運ばれていたが、同6年11月ごろ大食堂ができる。これが日本における産業給食の始まりだ。

「一日と十五日と二十八日が赤の飯に鮭《さけ》の塩引、それが実に楽しみでありました」月に3回赤飯が出て、当時はたいそうなご馳走だった塩鮭もふるまわれた。

「上州は山の中で交通不便でありますから、生な魚は見たくもありません。塩物と干物ばかり、折々牛肉などもありますが、まず赤隠元の煮たのだとか切昆布と揚蒟蒻《あげこんにゃく》と八ツがしらなどです」

「朝食は汁に漬物、昼が右の煮物、夕食は多く干物などが出ました」

質素に見えるが、時代を考えると豪華な食卓だ。海から遠い上州のこと、明治の初めに新鮮な魚を運ぶ手段はなかった。それでも塩漬けや干物が出たというのだから、工女たちがいかに厚遇されていたかがわかる。

というのも富岡製糸場は当時、外貨を稼ぐ唯一の手段だった生糸輸出を飛躍的に増やすための国運をかけた事業だった。工女たちはここで器械製糸の指導員になって全国の中小製糸場に散っていくことが期待されていた。金の卵だったのだ。

メニューの中に「揚蒟蒻」がある。上州は昔から蒟蒻産地だった。いまも「群馬県は全国1位で、生産量全体の約9割を占める。下仁田《しもにた》町を中心とした甘楽《かんら》富岡地域などの中山間地域が主な産地」（小学館刊『食材図典Ⅲ』）。揚蒟蒻はそんな土地柄を映した1品だったわけだ。

肉食奨励の国策に沿って牛肉も出ている。英たちは食べ慣れなかっただろうが「働いて居ますから何でも美味に感じましたのは実に幸福でありました」。

ところで英たちは春の一日、「一ノ宮」に参詣する。貫前《ぬきさき》神社のことだ。一行には3人のフランス人が混じっていたが、引率した「鈴木様」は、フランス人が境内に入ることを許さない。

「彼等が肉食を致しますから神宮の境内が汚れるとお思いになりまして、それでお止めになりましたように見受けました」

明治初めの東京でも、牛肉を調理するときは屋外に鍋を運び、仏壇や神棚に目張りをしたという記録が残っている。上州でも肉食禁忌の観念は根強かった。その一方で製糸場は工女たちに牛肉を食べさせているところが、文明開化の実際だった。

さて、テーマは脚気《かっけ》。『富岡日記』の中で工女の1人が病に倒れる場面に注目したい。

「急に足がひょろひょろすると申されましたから、翌朝病院に参られまして、診察を受けられますと、脚気だとのこと」

「殊に脚気はその頃全快せぬとさえ申されました」

雑穀などを常食していた地方から出てきた工女たちは、製糸場で白米のご飯ばかりの食事になり、ビタミンB_1不足になった。江戸時代末に同じ理由から脚気になる者があり「江戸患い」と呼ばれた。

坂井シヅ著『病が語る日本史』によれば脚気は「足の神経麻痺で始まる急性末梢性神経炎であるが、炎症が心臓に及ぶと、衝心《しょうしん》と呼ばれ、致死率の高い病気に変化する」。長い間、日本に多い病気であって、アジアの米食地帯に限って発生する地方病だった。

徳川三代将軍家光は24歳のときに脚気を発病し、症状が出たり消えたりしながら迎えた47歳の春、突然容態が悪化して亡くなった。「死因は明らかに突発的におこった脚気による衝心であったといえる」。十四代将軍家茂《いえもち》もそうだった。

だが当時は原因も治療法もわからなかったし、明治になっても事情は全く変わらなかった。

江原絢子・石川尚子・東四柳祥子著『日本食物史』によると、江戸時代の都市部に住む人々は毎日4合（約560グラム）の白米を食べていた。精白米100グラム当たりの胚芽に含まれるビタミンB_1は半つき米の3分の1、玄米の5分の1しかない。おかずで補えばいいのだが、おかずはご飯をおいしく食べるためのものだったから、漬物だけといったことになりかねない。こうして長年にわたるB_1不足が脚気を引き起こした。現代では想像しにくいことだが、脚気は死に至る病だったのだ。

この問題に直面したのが軍隊だった。どんなに武装を近代化しても、それを操る兵士が脚気に倒れては戦力にならない。軍隊にとって脚気の克服は至上命題となった。明治期、脚気に立ち向かって獅子奮迅の働きをするのが海軍軍医総監となる高木兼寛だ。吉村昭の『白い航跡』が高木の評伝で、原因不明のこの病気に取り組む鬼気迫る生き方を活写して感動を呼ぶ。

高木はロンドン留学で臨床を重視する英国医学を身につけ、帰国するとすぐに脚気の研究に精力を傾ける。まず目をつけたのが兵食の栄養バランスだった。海軍発足直後、1人1日白米6合を与え、副食代は現金支給だった。それで副食を買えばいいのだが、貯金や仕送りに回す兵が多く、ほぼ白米だけを食べている状態になっていた。

その結果、明治11（1878）年には総兵員数4528人のうち、脚気にかかった者は1485人、つまり3人に1人に上った。死者は32人。

同16年に10カ月近い遠洋航海から戻った軍艦「龍驤《りゅうじょう》」でも乗組員378人中169人が脚気を患い、23人の死者を出した。これを見た高木は別の軍艦に龍驤と同じ日程の航海をさせ、米のほかに魚、肉、牛乳などを加えた栄養バランスのいい兵食を与える実験に乗り出す。結果は「ビヤウシヤ　一ニンモナシ」（病者1人もなし）だった。

高木は兵食を米麦半々にすることを上層部に認めさせ、実行に移す。果たして海軍からは脚気患者が出なくなり、栄養の偏りが原因という高木の説が裏付けられる。

しかし学理を重んずるドイツ医学が主流だった陸軍と東京帝国大学医学部は細菌説を採って譲らなかった。その急先鋒が後に陸軍軍医総監となる森林太郎、つまり鷗外だった。欧州の兵食と日本のそれを比較しても栄養的には甲乙付けがたく、高木の説は偶然に結果と一致したにすぎないとの立場だ。陸軍は白米の兵食を続ける。

日露戦争に出動した陸軍の総人員は110万人以上に上り、戦死4万7000人。傷病者は35万2700人余で、そのうち脚気患者が21万1600人余を数えた。脚気による死者は2万7800人余という「古来東西ノ戦役中殆《ほとん》ト類例ヲ見サル」戦慄《せんりつ》すべき数であった。吉村は『白い航跡』にそう書いている。

日露戦争後の明治42年、陸軍は「脚気予防調査会」を組織し、原因と治療法の発見に本腰を入れ始める。しかし脚気患者が軍隊のような集団生活の場で多発することから、依然として中毒説、細菌説が唱えられた。鷗外も説を曲げなかった。

その翌年、鈴木梅太郎によって玄米に脚気予防に不可欠なビタミンB_1を主成分とするオリザニンが含まれていることが発見される。2人のオランダ人研究者が世界で初めてビタミンB_1の血漿《けっしょう》分離に成功したのが大正15（1926）年。しかしこのときすでに鷗外は、自説の誤りを知ることもなく亡くなっていた。

さて『富岡日記』で脚気にかかり故郷に帰った少女はどうなったのか。作品には書いていないが、元の雑穀を交えた食事に戻ったのなら、おそらくすぐに治ったことだろう。

（作品の引用は中公文庫）

缶詰生産

小林多喜二『蟹工船』

この作品は昭和4(1929)年に発表されたプロレタリア文学を代表する小説のひとつだ。荒れ狂う「カムサツカの海」で蟹《かに》漁をする「三千噸《トン》に近い」工船「博光丸」が舞台。この船は機関室と2本のマストを持つ機帆船で「川崎船を八隻のせていた」。

川崎船というのは『広辞苑』によると「江戸時代以降、北陸・東北地方で沖合漁業や小廻船に使用された比較的大形の和船。(中略)かつての蟹工船には動力化した川崎船が六〜一〇隻搭載され、漁場で蟹漁業に従事した」。

工船はカムチャツカ半島沿岸などの漁場に赴いて、川崎船が捕ったタラバガニを船内で缶詰に加工した。この作品では、海上にあって世間の目にさらされない工船の過酷な環境と非人間的な労働の実態、そこで働く人々が次第に階級意識に目覚めてストライキに立ち上がる様子が克明に描かれている。

蟹の缶詰はもともと陸上で製造した。漁船は漁獲した蟹を工場近くの港に運び、工場で缶詰にするのだが、その運搬の時間を短縮できれば効率が上がる。それには船上で缶詰にするのが一番だ。そうした研究は明治のころから続いていた。

宇佐美昇三著『蟹工船興亡史』によると、農商務省水産講習所（後の東京水産大学、現東京海洋大学）の練習船「雲鷹《うんよう》丸」が世界で初めて船上で蟹缶詰の製造に成功した。第1次世界大戦が始まる大正3（1914）年のことだった。船体は海洋大のキャンパスに屋外保存されていて、そばを走る東京モノレールから見ることができる。国の登録有形文化財だ。

船上で缶詰を作るには蟹肉を洗ったり煮たりするための真水が大量に必要だ。しかし雲鷹丸は448総トンしかなく、積み込む真水には限度があった。その問題を解決する切札になったのが、それまで適さないと思われていた海水の利用だった。同5年に富山水産講習所の練習船「高志丸」が海水で蟹缶詰を製造した記録が残っている。

しかし雲鷹丸も高志丸も練習船であり、営利目的の「蟹工船」ではなかった。業者船と呼ばれる本格的な母船式蟹工船の登場は同10年のことで、和嶋貞二という人物が仕立てた2隻が2759函を製造した。当時の1函は2分の1ポンド缶8ダース入りで、正味約21・8キログラムだ。業者船は徐々に増えて、昭和5（1930）年には最多記録となる

19隻が出漁し40万5900函を製造するまでになった。

後に資源の枯渇と価格競争から採算が悪化して工船会社の統合や再編につながっていくのだが、蟹缶詰は貴重な外貨の獲得手段として太平洋戦争の戦況が厳しくなる同17年まで続く。

作品の舞台になった「博光丸」のモデルといわれる「博愛丸」で船員の虐待事件が起きたのは大正15（1926）年のことで「漁夫や雑夫を虐待し、死者一名、行方不明一、二名、負傷者延べ一一名を出した」。当時の地元紙には「漁夫を起重機で巻き上げたり、火刑にしたり」とか「蟹の甲羅を剝がす長さ二〇センチのこん棒で、脚気で寝込んでいる労働者を殴打して働かせ、船首にしばり付けて海水と寒風にさらし、あるいは旋盤の台にしばりつけ、また船具庫に監禁した」といった見出しや記事が躍る。極寒のカムチャツカの海で船首に縛り付けられて氷のような海水にさらされたらすぐに命を落とすだろう。蟹工船に旋盤が存在したかどうかも疑わしい。多少の誇張をうかがわせる。

しかし同書によれば経営者や監督らは「懲罰と称して漁夫雑夫を監禁・殴打し、その後に出た判決によると延べ一一人に怪我をさせた。暴行も平手打ちだけではなく拳固・旗竿・鉄製磁石・金属製肉皿・釘抜きなどを使って殴り、耳が聴こえなくなるなどの傷害を負わせ、火傷は幅四センチ、長さ七センチに及んだ」。

また「激しい労働のあと、濡れた衣類のまま就寝し、病気となる者が続出した。そうした病人を無理に働かせた結果」、「死者一名、行方不明者一、二名」が出たという。

首謀者には執行猶予付きの有罪判決、その指揮下で虐待をした者には罰金刑が言い渡されたが「事件の報道が大きかった割に刑は軽い」ものだった。報道が誇大だったのか、暴力を伴う「監督」に甘いという時代背景があったのか、その辺りのことはよくわからない。

虐待があったのは博愛丸だけではなかったのだが、この事件を機に「海員組合と蟹工船業者との話し合いが進み、船員の労働条件や給与の改善が行われた。そのためか不景気のせいもあって、博愛丸事件報道から半年たたないうちに『蟹工船への乗船希望者が殺到』という記事が出る。虐待報道も一九三〇年のエトロフ丸事件を除き、あまり記録がない」。

事件を契機に作業員の待遇改善や経営の近代化が進むのだが、事件当時の博愛丸をモデルに描いた小説『蟹工船』は、戦前、戦後、そして現代に至るまで「蟹工船＝劣悪な労働環境」という図式を定着させたと言えるだろう。

さらに小林はいくつかの誤解をしていた。例えば「蟹工船は『工船』（工場船）であって『航船』でない。だから航海法は適用されなかった」という記述は、多方面で引用されている。『蟹工船興亡史』はこのことについて「航海法という法律はなく、『船舶検査法』は工船にも適用されていた。（中略）したがって『蟹工船は航船ではないので航海法の適用は受けない』という説は大きな誤りである」と書く。

また船倉の描写は実見したのではないかと思わせるほど克明だが「マストが釣棹《つりざお》のように撓《しな》う」とか「サロンの騒ぎがデッキの板やサイドを伝わってここ（船倉）まで聴こえる」など、航海中の表現には誇張が多いという。

作品を読むと、ロシアの監視船とのトラブルが絶えなかったらしいことがわかる。「沖合四浬《かいり》のところに、博光丸が錨《いかり》を下した。——三浬までロシアの領海なので、それ以内に入ることは出来ない『ことになっていた。』」

最初に読んだとき「日本の蟹工船は領海侵犯をしていたのか？」と思ったのだが『蟹工船興亡史』によって、その意味がわかった。

要約すれば、ロシア（後のソ連）はそれまで沖合3カイリとしていた「税関監視区域」を明治42（1909）年に「沖合12カイリ」と改めた。税関監視区域であって領海と言ってはいないが、概念としては領海だ。対して日本の主張は沖合3カイリだった。作中にある「三浬までロシアの領海なので」という表現は日本側の主張に基づくものだ。両国の主張の違いが拿捕《だほ》などのトラブルを引き起こしたため、駆逐艦が同行した。

作品にも駆逐艦が登場するが、艦長は工船にやってきて酒を飲み、作業員がストを計画すると水兵が乗り込んで鎮圧するという役回りになっている。『蟹工船興亡史』に「蟹工船と海軍」という章がある。そこには、多喜二が描いたような駆逐艦の振る舞いをうかがわせるような記述はない。

戦時中、一時中断した蟹工船だが、戦争が終わるとすぐに再開され、昭和49（1974）年ごろまで続いた。もちろん船体も漁法も近代化され、虐待などとは無縁だった。

蟹工船は船内でタラバガニの缶詰を製造したが、ではそもそも世の中に缶詰が登場したのはいつごろのことだったのか。日本缶詰びん詰レトルト食品協会のホームページに掲載されている資料などを要約する。

ナポレオンの軍隊は新鮮な食料の入手に苦しんでいた。このため1795年、仏政府は1万2000フランの懸賞をかけて兵食の保存技術を公募した。これに促されてニコラ・アペールは1804年、食品を容器に詰め、密閉して加熱するという、現代の缶詰の製造原理そのものを開発する。

そのときは瓶を用いていたが、1810年になって英国人のピーター・デュランがブリキ容器による食料保存で特許を取得。2年後、同じ英国でブライアン・ドンキンが世界初の缶詰工場を興す。缶詰の製法は米国に渡って南北戦争の兵食に用いられ、生産量は急増する。

日本で初めて缶詰が作られたのは明治4（1871）年のこと。同10年に北海道開拓使が石狩でサケ缶の商業生産を始めた。後の日清・日露の両戦争で缶詰が兵食として大量に用いられる。いま、家庭で盛んに用いられているレトルト食品も軍用缶詰の進化した姿だ。缶詰は戦争を契機に生まれ、戦争とともに発達した。

（作品の引用は新潮文庫）

鮫と鱶

内田百閒『御馳走帖』

百閒先生の随筆は書く気があるのかないのか、言いたいことがあるのかないのか、何だかよくわからないうちに最後まで読んでいて、気がつくと口元に微笑が浮かんでいるといった類いの筆さばきだ。

『御馳走帖』もそんな一冊で、気むずかしくもおかしいご老人が、耳元でささやき続けているような気がしてくる。ご老人と書いたけれど、改訂増補以前の、いわば初版がざら紙の針金つづりで出版された昭和21（1946）年当時、先生はまだ57歳。現代ほど平均寿命が長くなかったころなので、十分にご老人だったのかもしれないが、いまの会社員なら定年前の現役だ。

作中に「蒲鉾《かまぼこ》」という一編がある。

「鮫《さめ》の切り身は公設市場で買ふと一切れ七銭だが、うちの魚屋は八銭でおまけにこんなに身が薄いと家の者が云《い》つた。鮫の様な下魚《げざかな》がそんなに高いのは不思議だと思つたが、餉台《ちやぶだい》の上に出てゐるのを見たら、一寸《ちよつと》食つてみたくなつたので、箸の先でつつ突いて見ると丸つきり食べられない味ではないけれど、矢つ張りうまいとは云はれない。東京の者が鮫などを平気で食膳に上らせるのは、今の様に運輸の便が開けない昔は、よくよく食べ物に不自由した為であらうと思はれる」

という書き出しで、それから「昔から珍重してゐる初鰹《はつがつお》にしても、そんなに取り立てて云ふ程の物でもない」とか、「江戸ツ子は何かにつけて利いた様な事は云つても、うまい魚の味も知らない」とか書いた後で、文章は「私の郷里の岡山に昔から名代の蒲鉾屋があつて」と転じる。その蒲鉾屋の主人が岡山から船に乗って金比羅山を目指したときに「船が沖に出た頃、不意に鱶《ふか》が船をつけて来たので、船中が大騒ぎになつた」と書く。これまでずっと「鮫」と書いてきたのに、説明もなく「鱶」が出た。

鱶の群れに囲まれたら船がひっくり返され、全員の命が危ない。誰か1人が犠牲になってほかの者を救うしかない。そこで皆が船べりから手拭いを垂らした。鱶がくわえた手拭いの持ち主が犠牲になる決まりだ。結果、鱶は蒲鉾屋の主人の手拭いをくわえた。そこで主人がおもむろに名乗ると、鱶の群れは一目散に逃げて行ったという話が続く。つまり鱶は古くから蒲鉾の材料になっていたことを踏まえた笑い話なのだった。

では鮫と鱶は同じものか、違うものか。本山荻舟著『飲食事典』で「さめ」を引くと、まず魚としての鮫の説明があり「関西では一般にフカといい、関東では特に大形種のものをフカとよぶ」とある。つまり西日本では基本的に鱶、東日本では大型種のもの以外は鮫という図式だ。

東京暮らしが長くなった百閒先生は書き出しこそ関東の一般的な言い方である「鮫」としたが、舞台が生まれ育った岡山に移った途端、当地の呼び方の「鱶」と筆が走ったらしい。こんなところも先生らしくて好ましい。

鮫の水揚げが最も多いのは宮城県の気仙沼港。全国のほぼ9割を占める。マグロ延縄《はえなわ》漁の際に混じって捕獲されたものだ。東日本大震災から1年後に気仙沼市を訪れると、地形の関係で奇跡的に残った「お魚いちば」が営業を再開していた。「モーカの星」とか「モウカの星」を売っている。聞けばどちらも「モウカザメの心臓」のことで、刺身にしてショウガ醤油で食べるとうまいという。モウカザメは別名ネズミザメ。

また中華料理の高級食材である「ふかひれ」は気仙沼の特産品で、冬場になるとヨシキリザメやアオザメ、モウカザメのひれを天日干しする光景が見られる。

東の鮫、西の鱶と大ざっぱに分かれながら、適宜使い分けられている。東でも「ふかひれ」は日常語になっていて、同じく西で「鮫皮」といっても違和感はない。

モウカザメは栃木で「モロ」と呼ばれる。栃木市の居酒屋でモロのフライと煮付けを食べたことがある。弾力のない鶏肉といった食感だった。海がない栃木県でも体内のアンモニアのために腐敗しにくい鮫は、貴重な海の幸として食卓を飾ってきた。様々な鮮魚が手に入るようになっても、モロは郷土の味として生き続け、スーパーや鮮魚店の店頭に並ぶ。

青森県でも鮫はよく食べられている。鮫の種類はアブラツノザメだ。縄文時代の生活と文化を伝える三内丸山遺跡からも骨が出土しており、付き合いの長さを物語る。

いまでも津軽半島の先端に位置する外ヶ浜町三厩《みんまや》漁港にあがる鮫が県内に出回っている。青森県農林水産部がインターネット上に掲載している「青森のうまいものたち」によれば「三厩地域では、お正月に『サメの飯ずし』を食す習慣があり、お正月に備え、お母さん方が11月頃から漬け込み作業を開始します。その他にも、なま酢、煮つけ、蒲焼き、から揚げやフライ、また、新鮮なサメは刺身としても食すことができます」。

鮫、鱶のほかに第三の呼び方がある。「わに」だ。広島県の山間部にある三次市、庄原市周辺でそう呼ぶ。そして「わに料理」は一帯の郷土料理として、いまに伝わっている。

一応、旬があって、身が締まる秋から冬のものがいいとされる。三次市内には、わにの刺身が自慢の店もあるという。

その北、島根県南部の山間部でも「わに」といえば鮫のことだ。農林水産省が「農山漁村の郷土料理百選」を選定する際、島根県の「わにの刺身」が候補料理に挙がった。県境を挟んで、海から遠い中国山地の真ん中に鮫を食べる伝統が残っている。

その鮫は島根や鳥取といった山陰の海で取れたものだ。山陰＋わに。これで思い出すのが古事記にある神話「稲羽《いなば》の素兎《しろうさぎ》」だ。「どちらの一族の数が多いか比べてあげよう」と持ちかけて「和邇《わに》」を海上に並べさせ、その上を踏んで島から陸地に行こうとした白兎が、最後に企てが露見して毛をむしられるあの話。

幼いころに見た絵本では和邇が、爬虫類《はちゅう》の鰐《わに》になっていたのだが、もちろんなんの疑問も持たなかった。しかし長じて「あんな海の中に鰐がいただろうか」と思った。「そもそも古代の人々は鰐の存在すら知らなかったのではないか」とも考えた。

鰐は淡水性だから海にいるのはおかしい。鰐は熱帯から亜熱帯に生息している爬虫類であるから、日本海にいるはずがない。

もうおわかりだろう。中国地方の郷土料理に名残をとどめているように、神話の和邇は鮫のことだ。『日本国語大辞典』で「わに」を引けば「古語で、鮫、あるいはその大形の種類である鱶をいう」とあり、用例として『古事記』と『出雲風土記』を挙げている。あの絵本の画家と編集者は和邇を鰐と思って疑っていなかったわけだ。

『古事記』を現代語訳したある本の「解説」の中に「『和邇』は鮫か鰐か」というのがある。そこには「元々日本には爬虫類の鰐は生息していないため、鮫のことではないかと考えられています。（中略）背中に剣状の突起が付いているギンザメのことではないかという考えです。ただし、神話には八岐大蛇《やまたのおろち》のような実在しない生物が登場することもありますから、解釈の上で必ずしもその生物が生息している必要はありません。そのため、鰐であってもおかしくはないのです」とある。

いやいや、どう考えても鰐であっていいわけがない。やはりおかしいのではないでしょうか。

（作品の引用は中公文庫）

食堂車

内田百閒『御馳走帖』(続)

百閒先生の随筆に『阿房列車《あほう》』シリーズがあるように、先生は用もないのにふらりと列車に乗って、あちこちの町に行くのが好きだった。いまの言葉だと「乗り鉄」だ。『御馳走帖』にも乗り鉄らしい「列車食堂」という一文が収められている。

文章は「ついこなひだ、所用があつて、と云ひたい所だが、用事はなかつたけれど、大阪へ行つて来た」で始まる。乗ったのは特急「はと」。連結されている食堂車にお酒やビールを飲むため何度も出入りした。「はと」の食堂車のメニューに「ソップ」(スープ)がないのは、車両の揺れがひどく、カップからこぼれるから置いていないのだろうと考え、思いは戦前の食堂車の光景に向かう。

「初めて特別急行と云ふものが出来て、一二等編成の『富士』が走り出したのは、何年頃の事であつたか」と書くが、これは少し説明が要る。

ネット上に公開されている交通科学博物館(閉館)の「ミュージアムレポート」によれ

ば、特急が登場したのは明治45（1912）年のことで、昭和になって愛称がつくようになる。その最初が昭和4（1929）年の「富士」と「櫻《さくら》」で、翌年には「燕《つばめ》」が登場する。先生はそのことを言いたかったのだろう。

さらに記憶は別の列車の食堂車へと飛ぶ。

「晩の七時の神戸行一二等急行の食堂は精養軒の西洋料理であつた。夏の晩に乗つたら、食堂車のテエブル全部に、余り大きくない、菊判の字引を立てた位の大きさの花氷が一つづつ飾つてあつた。純白のテエブルクロスと、その上に並べた銀色の食器の光と、小さな花氷とが相映じてきれいだなと思つた」

食堂車を知らない若い世代の中には、こんなテーブル席で食事をしたくなる人々がいるのではないか。昭和26年生まれの私には、食堂車を利用した経験が何度かある。カレーライスくらいしか食べたことがないのだが、実に晴れがましい記憶となって残っている。

では食堂車の誕生はいつだったのか。三宅俊彦著『特殊仕様車両「食堂車」』をひもといてみよう。日本の食堂車の嚆矢《こうし》は明治32（1899）年5月25日、山陽鉄道（後の山陽本線）京都―三田尻（防府）間を走る急行に連結された。1両の半分が1等客室、半分が食堂車で、食堂の真ん中に大きなテーブルが置かれ、定員は10人だった。

当時、営業を請け負っていた神戸「自由亭」の「販賣品目録《はんばい》」が残っている。「西洋料理」は3等級あり「スープ」「コーヒ」「ウスケ（ウイスキーか）」「ブランデ」「ベルモット」などが並ぶ。日本酒もワインもビールもある。葉巻も売っていた。

同書によれば「社長の中上川《なかみがわ》彦次郎が叔父の福沢諭吉の勧めもあり、自らもイギリス留学した経験から社員を鉄道の先進国・イギリスへ派遣して、鉄道について技術・サービス・運営などあらゆるものを学ばせた」。食堂車もそんな産物の一つだった。山陽鉄道のライバルは瀬戸内航路の客船だったから、食堂車は目に見えるサービス強化であり、差別化の手段といえた。

最初は10人掛けのテーブル一つだったのが、小人数《こにんずう》では使いづらいことや、見知らぬ客と相席になるのを嫌う者もあって「後に4人掛けのテーブル2つ、2人掛けのテーブル2つ、1人掛けのテーブル1つで食堂の定員は13人とする配置に変更している」。

2年後の同34年12月には鉄道作業局（官設鉄道）が新橋―神戸間の急行列車に食堂車を連結した。当時は急行券というものがなく、無料のため混雑が甚だしかった。客車を増結したくても急勾配区間では機関車のけん引力が足りない。そこで東海道線の一部だったいまの御殿場線（箱根越え）と、大津―京都間（逢坂山越え）の区間では食堂車を外した。

石井研堂著『明治事物起原』は「食堂車の始」として「明治三十四年十二月二十九日開始、区間は国府津沼津間、馬場大谷間、神戸京都間なりし」とする。博覧強記の研堂先生も山陽鉄道の記事は見落としたようで、これは鉄道作業局の食堂車のことだ。

運営を請け負っていた精養軒のメニューを現代仮名遣いで紹介する。朝食2皿、パン、コーヒー付き。昼食スープほか3皿、菓子、果物、パン、コーヒー付き。夕食スープほか4皿、菓子、果物、パン、コーヒー付き。

単品はフライフィッシュ、ハムエッグ、オムレツ、ビフテキ、ビーフカツレツ、コロッケ、カレーライス、チキンシチュー、ローストビーフなど。ビール、日本酒のほかブランデー、ベルモット、ペパーミント、ジンジャーエールもあった。日露戦争開戦の2年余り前、富裕層に限られていたとはいえ、いまと変わらないメニューを口にすることができた。

同36年、後に東北本線や常磐線になる日本鉄道も上野―青森間の急行に食堂車をつなぐ。この車両は中央が定員5人の食堂になっていて、その前後が1等室（定員12人、寝台4人）と定員20人の2等室に挟まれていた。1両で食堂車と寝台車を兼ねていたわけだ。『特殊仕様車両「食堂車」』は「このようなレイアウトは上流階級の家族や一族での利用やあるいは高級官僚などの人々に限定されたように思える」と書いている。

同39年には鉄道作業局が3等車急行で窓側カウンター式の和食堂の営業を始めた。これがビュッフェの原形となる。百閒先生は3等食堂車のことをよく覚えていて「列車食堂」にこう書き残している。

「両側の窓側に端から端まで通つた板が張つてあつて、手前の縁は一寸《ちよつと》高くしてあつたから、お酒や汁がひつくり返つてもお客の膝にはこぼれて来ない。凭《もた》れのない丸い木の腰掛けがその前に並んでゐるが、つくり附けだから動かす事は出来ない。四角いお膳でサアギスし、朝食の味噌汁の実は年がら年ぢゆう蜆《しじみ》であつた」

百閒先生の『第一阿房列車』に「ボイ」が何度か登場する。一等車などの客にサービスする従業員で「ボーイ」のことだ。「ボイが出て来た。年配のおやじである。それで安心した。列車のボイは勿論《もちろん》男でなければいけないし、又何かの点で寝台ボイの様な少年でも物足りない」

『明治事物起原』は「列車付ボーイの始　明治三十三年、始めて寝台列車を運転せんとするに方《あた》り、新橋神戸名古屋三ケ所にて、風采美にして応接に巧みなる少年を募集し、その中六名だけを寝台列車に乗込ませたるが始めなり」と書く。

食堂車で働く人々も全員男性だった。西洋料理を出すため、ホテルの食堂の連想が働いたらしい。初めてサービス係の女性を採用したのは讃岐鉄道（高松―琴平間）の喫茶室だった。同34年のことだ。

明治も年が重なるにつれ、全国に鉄道という高速輸送網が張り巡らされていく。それは車中にあっての駅弁、食堂車文化を広げ、列車ボーイのような新しいサービス形態も生んでいった。しかし太平洋戦争末期の昭和19（１９４４）年、食糧難と輸送量確保のために食堂車は廃止される。

戦後になって「進駐軍」専用として復活する。日本人が再び食堂車を利用できるようになったのは同24年からで、東京―大阪間の特急「平和」（後の「つばめ」）と東京―鹿児島間の急行（後の「きりしま」）だった。

その後の戦後復興から高度成長時代に食堂車は全盛期を迎える。新幹線の食堂車はビジネス客でにぎわい、急行「なにわ」などのすしビュッフェは語り草になった。

そして平成28年の日本。列車の高速化で乗車時間が短くなり、駅構内でたいていのものが手に入る。だから食堂車の存在意義は消えた。ＪＲ九州のクルーズトレイン「ななつ星（in九州）」や各地の観光列車に面影を残すばかりだ。

（作品の引用は中公文庫）

カニとリンゴ酒

太宰治『津軽』

太宰治は出版社の求めで昭和19（1944）年5月、ふるさと津軽を旅した。敗戦まで1年余。しかし津軽には空襲もなく、食糧事情も都市部と違って逼迫《ひっぱく》していなかった。

青森市から陸奥湾に沿って津軽半島を北上すると蟹田《かにた》という町がある。いまの外ヶ浜町蟹田だ。太宰はそこに旧友のN君を訪ねる。前もって出した手紙には「お出迎えなどは、決して、しないで下さい。でも、リンゴ酒と、それから蟹だけは」と書いていた。

リンゴ酒は後に触れるとして、太宰がわざわざ所望したカニはどんなカニだったのか。ズワイガニかタラバガニかワタリガニか。あるいは毛ガニか花咲ガニか。いやここはトゲクリガニでなければならない。

「子どものころ、弘前城での花見には家族全員が晴れ着姿で出かけました。お重の中にはゆでたトゲクリガニと、こちらでガサエビと呼ぶシャコが詰まっています。シャコはトゲがあるので、殻をむしっているうちに指先の皮がぼろぼろになっていくのですが、構わずむしゃぶりつきます。それと房付きのバナナが花見に欠かせないものでした」と40代の津軽生まれ津軽育ちの友人がうれしそうに話してくれた。

作中には花見の場面が登場する。

「観瀾山《かんらんざん》の桜は、いまが最盛期らしい。静かに、淡く咲いている。爛漫という形容は、当たっていない。花弁も薄くすきとおるようで、心細く、いかにも雪に洗われて咲いたという感じである」

「私たちは桜花の下の芝生にあぐらをかいて坐《すわ》って、重箱をひろげた。これは、やはり、N君の奥さんのお料理である。他に、蟹とシャコが、大きい竹の籠に一ぱい。それから、ビール。私はいやしく見られない程度に、シャコの皮をむき、蟹の脚をしゃぶり、重箱のお料理にも箸をつけた」

房付きのバナナを除けば友人の話と全く同じように、トゲクリガニとシャコが津軽の花見を彩っていた。

トゲクリガニは北海道の毛ガニ（オオクリガニ）と同じクリガニ科。陸奥湾で多く取れる。毛ガニより小ぶりながら、身がみっしりと詰まっていてミソは濃厚。津軽が花見の季節を迎える4月から5月にかけてメスが抱卵する。津軽の花見になくてはならないご馳走で「花見ガニ」、あるいは単に「ガニ」ともいう。

津軽のお花見の宴会では、どれだけのガニを確保するかで幹事の技量が問われる。ガニが登場すると全員が黙り込んでガニと格闘するから、どのタイミングでガニを出すかも幹事の腕の見せ所となる。そんな話を件《くだん》の友人から聞いた。

太宰とその友人たちも、観瀾山の満開の桜の下でガニを食べた。書いてはいないが、しばしの沈黙が一行を包んだのではないだろうか。

蟹田を含む外ヶ浜町がトゲクリガニの最大の漁獲量を誇る。ＪＲ津軽線の蟹田駅の駅前広場休憩所には駅長室をモチーフにした水槽があり、中に「観光カニスマ駅長　津軽蟹夫くん」と名付けられたトゲクリガニのオスがいた。その後、マスコットに代わったが、地名が示すように、この地は蟹の美味とともに歴史を刻み、蟹への愛着をはぐくんできたことがしのばれる。

ついでながら、青森県の太平洋側、つまり南部地方ではヒラガニを食べる。標準和名はヒラツメガニで、こちらはワタリガニ科だ。体形から「マルガニ」、甲羅にＨの模様があることから「エッチガニ」とも呼ばれる。

ヒラツメガニは北海道から南シナ海まで生息するので、青森県の特産というわけではないが、少なくとも旬にはスーパーや鮮魚店に並ぶということになると、場所は限られる。

青森県庁の職員グループが交代でネット上に書いている「まるごと青森」によると「太平洋沿岸地域の人々から親しまれてきたヒラツメガニは濃厚なダシが良く出るのが特徴で、浜ゆでや味噌汁、小さいものは唐揚げで食べられています。また、春の田植えや秋の稲刈りなど農作業で多くの人が集まる時に大鍋で大量にゆでて食べるなど、地域に根付いたこの季節を代表する食材です」。

私は八戸の百貨店の地下で売っている生のヒラツメガニを求め、郷土料理の店の人にゆでてもらって食べたことがある。「身が少ない脚は食べず、人さし指を甲羅の縁に沿って動かして指についた卵や味噌をなめるように」と言われ、その通りにやってみると……後は書くまでもないだろう。陶然として空を見上げ、地酒を口に含んでまた陶然となった。

ところで太宰は津軽の「扁柏《ひば》」（あすなろ）を褒める一方でリンゴに辛口の評を加える。「古い伝統を誇ってよい津軽の産物は、扁柏である（中略）林檎《りんご》なんてのは、明治初年にアメリカ人から種をもらって試植し、それから明治二十年代に到《いた》ってフランスの宣教師からフランス流の剪定《せんてい》法を教わって」「青森名産として全国に知られたのは、大正にはいってからの事」にすぎないと。

青森県庁のホームページと青森りんごTS導入協議会がネット上で運営している「りんご大学」に基づいて、青森のリンゴの歩みを見る。

明治8（1875）年、内務省から青森県庁に苗木3本が配布され、県庁構内に植えられた。苗は同13年に実を結んで、これが青森リンゴの始まりとなる。

同24年から鉄道でリンゴが東京に出荷されるようになった。病害虫の被害を防ぐために袋がけが始まったのが同38年。同43年、大豊作で生産量は前年の3倍、130万箱に達したが、価格は暴落した。大正11（1922）年も空前の大豊作で250万箱に達した。太宰が書くように津軽を中心とした青森のリンゴは大正になって全国的に有名になったようだ。

豊作と不作を繰り返しながら品種改良を重ねて今日に至るのだが、問題は落果や規格外のリンゴをどうするかということだった。

「日本醸造協会誌」に収録された吉田元氏による論文「津軽のリンゴ酒」によると、津軽で屑実《くずみ》の加工法に関心が高まるのは、リンゴの生産量が飛躍的に増えた明治30年代に入ってからだった。同40年8月に「松木合資」という会社が地元紙に「林檎酒売出し」の広告を出した。リンゴ果汁に砂糖を加え糖分を上げて発酵させ、アルコール分は7・7%だったらしい。しかし、日本酒に慣れ親しんだ舌には合わず、やがて生産は中止になった。

一時は県外資本にフランス企業まで加わって「シャンパン」の生産に乗り出したが、やはり資金不足や品質の問題から挫折。その後、いくつかの挑戦がありながらも結局、うまくいかなかった。

それでもリンゴ酒づくりは細々と続き、農林省の補助金を得た青森県販売購買組合連合会がアルコール分7％のリンゴ酒を製造し昭和13（1938）年に発売した。そこから独立した「御幸商会」が同15年に「ミユキリンゴ酒」「ミユキシャンパン」を製造し、夏までに完売した。

戦争が激しくなるに従って清酒用の米は食用に回されるようになり、その隙間を埋める形でリンゴ酒の出荷が増えていった。リンゴ酒は清酒の代用品だったのだ。

しかし物資不足はここにも影を落とす。アルコール度数を上げるために加える砂糖が不足してきた結果、屑ジャガイモのでんぷんまで使われたという。敗戦の前年という時期からすると、太宰が故郷で口にしたリンゴ酒は、おそらくそんな飲み物だったのだろう。


（作品の引用は岩波文庫）

キャラメル

向田邦子『父の詫び状』

この本は向田の第一エッセー集だ。表題作を含む24編は「銀座百点」に連載され、昭和53（1978）年に出版された。連載開始当時、向田は乳がんの手術を受け退院したところだった。利き腕の右腕が動かず、左手で書いたという。「あとがき」に「誰に宛てるともつかない、のんきな遺言状を書いて置こうかな、という気持もどこかにあった」と、心境を記している。

保険会社の社員だった父の転勤で向田は各地を転々としている。東京大空襲も経験した。戦前、戦後の日本のサラリーマン家庭の情景が、力まず、輪郭太く描かれている。食べ物も随所に登場する。

向田は小学校3年生のとき鹿児島に引っ越し、3年間を過ごした。桜島が眼前に迫る錦江湾の別荘地、磯浜に家族で出かけた折、名物の「じゃんぼ」を食べた話が「細長い海」という一編に登場する。

「醤油味のたれをからめたやわらかい餅である。ひと口大の餅に、割り箸を二つ折りにしたような箸が二本差してあるので、二本棒つまり『リャン棒』がなまったのだと、解説好きの父が食べながら教えてくれた。

母がこの『じゃんぼ』を好んだこともあって、鹿児島にいる時分はよく磯浜へ出かけた。海に面した貸席のようなところに上がり、父はビールを飲み、母と子供は大皿いっぱいの『じゃんぼ』を食べる。このあと、父は昼寝をし、母と子供たちは桜島を眺めたり砂遊びをしたりして小半日を過ごすのである」

磯浜は古くからの海水浴場だ。食堂兼海の家のような店が並んでいて、そんな店はどこも「両棒餅」の看板を掲げている。向田は「じゃんぼ」と覚えていたが、地元では「ぢゃんぼ」と書く。シーズンともなると、いまも向田一家のような家族が、向田一家のように家族の時間を過ごす光景が繰り広げられている。

私は両棒餅を求めて磯浜に行ったことがある。実際に食べてみると2本棒の理由がわかる。餅が軟らかいので、1本だと餅の両側が下がり、たれがこぼれる。

近くには万治元（1658）年、島津家19代、光久が築いた別邸「仙巌園」（磯庭園）があり、年間を通じて多くの観光客が訪れる。両棒餅はそこの名物にもなっている。

「お八つの時間」というエッセーは「お前はボールとウエハスで大きくなったんだよ」という祖母と母の言葉で始まる。向田は長い間、「球（ボール）と上蓮根（ウエハス）」だと思っていたが、辞書で調べて「ボオロ」と「ウエファアス」だということを知る。それに続いて思い出すままに「昭和十年頃の中流家庭の子供のお八つ」を列挙する。

「ビスケット。動物ビスケット。英字ビスケット。クリーム・サンド。カステラ。鈴カステラ。ミルク・キャラメル。クリーム・キャラメル。新高《にいたか》キャラメル。グリコ。ドロップ。茶玉。梅干飴。きなこ飴。かつぶし飴。黒飴。さらし飴。変り玉（チャイナ・マーブル）。ゼリビンズ。金米《こんぺい》糖。塩せんべい。砂糖せんべい。おこし。チソパン。木ノ葉パン。芋せんべい。氷砂糖。落雁《らくがん》。切り餡《あん》。味噌パン。玉子パン。棒チョコ。板チョコ。かりんとう――」

私は新高キャラメル、かつぶし飴、さらし飴、チソパンを知らない。だがほかのものは全部わかる。昭和30年代に福岡県久留米市で少年時代を過ごした私のおやつは、ふかしたサツマイモとトウモロコシ、サトウキビ、黒砂糖のかけらが主役だった。小学校高学年になって駄菓子屋で売っていた糸がついた丸い飴や芋けんぴが加わる。

ここに登場する「新高キャラメル」は戦前生まれにとって懐かしいものだろう。佐賀市地域文化財データベースによれば旧川上村生まれの森平太郎は明治28（1895）年、台湾に渡り、まんじゅうづくりやキャラメル店店員などをした末に菓子店を開いた。やがて、妻エイとともに新高製菓を興し、東京、大阪、大連に工場や支店を設けた。戦前は森永製菓、明治、江崎グリコとともに4大キャラメルメーカーの一角を占めた。

いくつかの商品の中でも、台湾らしい「新高バナナキャラメル」が人気だったと伝わる。幼かった向田がおやつに食べたのは、このバナナキャラメルだったかもしれない。

森平太郎は作家、北方謙三の曽祖父で、北方は平成19（2007）年から1年余にわたり、曽祖父母をモデルにした小説『望郷の道』を日本経済新聞朝刊に連載した。小説では藤正太、瑠璋《るい》夫婦となっている。その中の「バナナキャラメル」が誕生する場面を抜き書きする。

「パイナップルとバナナだが、私の感じじゃ、パイナップルはちょっとしつこすぎて、練乳に合わん、と思いましたね」「バナナは、大丈夫ですか？」「金を取れるとこまで、仕上がっとるて思うぞ」「バナナと蜂蜜が、合ったのかもしれませんね」「よし、やってみろ。『一番星』バナナて、箱ば作る」

あくまで小説なので「一番星」という架空の商品名を使っている。

ついでに書くと森平太郎と同じく、森永製菓の創業者、森永太一郎、江崎グリコの江崎利一も佐賀県出身。長崎から小倉に続く長崎街道、別名「シュガーロード」が通る佐賀は、お菓子を営む事業家を輩出している。

さてキャラメルはいつごろ日本に伝わったのか。本山荻舟著『飲食事典』によれば「南蛮菓子の一種で古くはカルメイラ・カルメラ・カルメルなどとよばれ、砂糖を加熱して褐色に焦がしたもので『焦糖』または『浮石糖』とも書いた。一六世紀の天文年間ポルトガル人がカルメールとして伝えたもので、当時のは氷砂糖・卵白・水・重曹で泡立てたのを固まらせて軽石のようにしたものだった」。

いま私たちが口にするキャラメルとは違う。向田の時代のキャラメルとも違う。そのまま読めば、初期のものはプリンにかけるカラメルソースのようだし、天文年間に伝わったとされるものは夜店で売っているカルメ焼きではないだろうか。

小菅桂子著『近代日本食文化年表』の大正3（1914）年の項に「森永製菓、紙サック入りポケット用キャラメルの生産にふみきる」という記述がある。この辺りから子どもたちがキャラメルを口にするようになったようだ。

そして「お八つの時間」には「カルメ焼」が登場する。戦後、仙台支店長になっていた向田の父はカルメ焼きに凝る。「夕食が終ると子供たちを火鉢のまわりに集めて、父のカルメ焼が始まる」「カルメ焼用の赤銅《あか》の玉杓子《しゃくし》の中に、一回分の赤ザラメを慎重に入れて火にかける」

「砂糖が煮立ってくると、父はかきまわしていた棒の先に極く少量の重曹をつけ、濡れ布巾の上におろした玉杓子の砂糖の中に入れて、物凄い勢いでかき廻す、砂糖はまるで嘘のように大きくふくれ、笑み割れてカルメ焼一丁上り！　ということになる」

カルメ焼きは夜店で買う物と思っていたから、このエッセーのように、かつては家庭でこしらえていたことを初めて知った。そのための玉杓子まで家に常備していた時代があったなんて。

新聞連載時にこう書いたら読者から少なからぬ反響があった。静岡県在住の80歳の女性からは「私が小学校の五年生の頃だと思います。食糧難の家にキューバ糖というザラメがお米の代わりに配給されました。そのため、カルメ焼を作り、どこの家にも専用の赤銅のお玉のような鍋があったのだと思います」というハガキが届いた。

年齢は書かれていないが、戦前生まれと思われる男性からもメールをいただいた。

「終戦直後、食糧の配給は絶対量が不足していただけでなく、内容にも大変な片寄りがありました。そのため、あるとき赤ザラメばかりが大量に配給され、各家庭で時ならぬカルメ焼きブームが発生しました」とある。

戦前、戦後を通じてカルメ焼きは家で作るものであったことを知った。それがやがて夜店の商品になったのだろう。しかし今年の正月、都内の大きな神社に初詣に行った折には、参道の両側を埋める露店の中に、カルメ焼きの店を見かけることがなかった。絶滅した？

（作品の引用は文春文庫）

ライスカレー

向田邦子『父の詫び状』(続)

このエッセー集に収められた「昔カレー」がひときわ郷愁を誘う。

「カレーライスとライスカレーの区別は何だろう。

カレーとライスが別の容器で出てくるのがカレーライス。ごはんの上にかけてあるのがライスカレーだという説があるが、私は違う。

金を払って、おもてで食べるのがカレーライス。

自分の家で食べるのが、ライスカレーである。厳密にいえば、子供の日に食べた、母の作ったうどん粉のいっぱい入ったのが、ライスカレーなのだ」

いまは単に「カレー」と言う。文献や資料の世界だと古いものほど「ライスカレー」が多く、時代が下るに従って「カレーライス」表記が増えてくる。本当の意味での違いはないのだろうが、個人史の中では向田のような区別は大いにあり得る。

向田の母親がつくった「うどん粉のカレー」はどのようなものだったのか。「うどん粉」

は小麦粉のこと。メリケン粉とも言った。

大阪府下の公私立高等女学校の家事科と裁縫科の教員が会員となった「大阪家政研究會」が高等女学校の実習向けに出した昭和15（1940）年版『最新割烹《かっぽう》指導書』（初版は大正15年）の「ライスカレー」を見る。

まずご飯を炊き、スープを取る。青豆に熱湯をかけ、牛肉、ニンジン、ジャガイモ、タマネギを切っておく。フライパンにバターを溶かして牛肉をいためる。次にシチュー鍋にバターを溶かし、メリケン粉（小麦粉）を加えて色がつくまでいためる。そこにカレー粉を投じ、スープを少しずつ加えたところに具をすべて入れ、塩、コショウで味を調える。最後に青豆を入れる。

編集・発行されたのが大阪なので肉は豚肉ではなく牛肉になっているが、向田の母親はおそらく豚肉を使っただろう。この時代だと、関東で肉といえば豚、関西では牛という分布ができあがっていたはずだ。

指導書には「スープ」を加えるとあるが、そのスープの作り方は出てこない。高等女学校は男子の旧制中学に相当する5年制の学校。指導書が出た時期を考えると、生徒の母親は大正か明治生まれだったろうから、家庭でスープをこしらえることなどほとんどなかったと思われる。では一般家庭ではスープ代わりに何を用いたか。「昔カレー」にこんなくだりがある。

香川の「県立第一高女」に入ったばかりだった向田は、父親の転勤で単身、高松に残る。預けられたのはお茶の師匠の家だった。ある日、師匠は向田のためにカレーをつくる。

「おばあさんは鰹節《かつおぶし》けずりを出すと、いきなり鰹節をかきはじめた。

私は、あんな不思議なライスカレーを食べたことがない。

鰹節でだしを取り、玉ねぎとにんじんとじゃがいもを入れ、カレー味をつけたのを、ご飯茶碗にかけて食べるのである」

カツオ出しをスープ代わりにしたまではよかったが、小麦粉が入らないから少しも粘りがないカレー汁になった。肉類も省略されている。

福岡県久留米市に住む昭和2年生まれの私の母がつくるライスカレーは肉が豚肉だったことを除くと、ほぼ指導書通りだった。しかし母はスープをこしらえたことがなかった。そこで、あのライスカレーを水でつくっていたのかと聞いたら意外な答えが返ってきた。「いりこ出し」。九州の出しの基本はいりこ（煮干し）だから、スープの代用は自然にいりこ出しになった。

小菅桂子著『カレーライスの誕生』によれば、日本に初めて「カレー」という言葉を紹介したのは、福沢諭吉だった。中英辞書『華英通語』を翻訳した万延元（1860）年の『増訂華英通語』で「Curry・コルリ」とした。

ただ福沢は漢語を日本語にしただけなので、カレーの実体を知っていたかどうかは別の問題で、おそらく知らなかったと思われる。

カレーの料理法を書いた本は明治5（1872）年まで遡ることができる。敬学堂主人著『西洋料理指南』と仮名垣魯文編の『西洋料理通』だ。どちらも「カレーの粉」「カリーの粉」を用い、小麦粉を加える調理法を紹介している。

『西洋料理指南』のカレーの作り方。ネギ1本、ショウガ半分、ニンニク少々をみじん切りにして大さじ1杯のバターで炒める。そこに水を加え、鶏、エビ、タイ、カキ、赤がえるなどの肉を入れてよく煮る。その後、小さじ1杯のカレー粉を投入してさらに煮る。1時間後、塩と大さじ2杯の水溶き小麦粉を入れる。

『西洋料理通』では、用意する肉は牛か鶏。ネギ4本と皮をむいたリンゴ4個を刻む。それらにカレー粉と小麦粉を加え、水かスープで4時間半煮る。ユズの搾り汁を落としてできあがり。皿に円を描くようにご飯を盛る。

各種スパイスを調合し、小麦粉を使わないインドとは違う、英国風のカレーの作り方だ。カレー粉は開港地の外国人居留地を通じて英国の「C&B」の製品が入ってきていた。赤がえるを用いるというのは日本人には奇異に映るかもしれないが、横浜などの居留地に住む外国人は中国人のコックを雇うことが多かったから、中国由来の具と考えれば合点がいく。

こうしてインド生まれのカレーは、そこを植民地にしていた英国経由で日本に入ってきた。明治の初め、西洋料理店が次々に現れるようになるが、ご飯にかけて食べるカレーは日本人との相性がよく、手軽な洋食として庶民の間にも広がっていく。

日本人もカレー粉をつくろうとしたが原料になるスパイスは薬種問屋が集まる大阪の道修町にしかなかった。その中の1軒を営んでいた今村弥兵衛が漢方薬をしまった蔵に入ってみると、輸入カレー粉と似た香りがした。柳行李《やなぎごうり》を開けてみたらウコンや唐辛子などの香辛料が入っていた。その後、苦心の末に国産初の「蜂カレー」を発売した。ときに明治38（1905）年のことで、現在のハチ食品はここから興った。

『カレーライスの誕生』によると、翌39年には東京・神田の「一貫堂」が早くも即席カレーを発売している。同書が収録している当時の広告文を要約すると「カレー粉及び極上生肉等を混合乾燥し固形体となしたる」もので「用法は熱湯を以てドロドロに溶き、温き御飯にかけて食べるのです」。

読めば現代のフリーズドライ食品のようだが、明治の終わりにそのような技術があったのだろうか。どんな物であったのか、よくわからない。

大正3（1914）年になって日本橋の岡本商店が「ロンドン土産即席カレー」を売り出す。同書は「お湯で溶いて、その中に肉や野菜を入れて煮ると即席においしいカレーができるというもので、今日のカレールーの原形といっていい」と書く。

いずれにしてもカレーが家庭料理になっていく様子を映している。

具の「三種の神器」といわれるタマネギ、ニンジン、ジャガイモは明治に入って、主に開拓地の北海道で生産されるようになった。いくつかあった上流婦人向け雑誌の記事で三種の神器がそろうのは明治末のこと。

国民食の一つになったカレーだが、地域的な濃淡がある。総務省家計調査（平成24～26年の平均）で見ると、51の県庁所在地・政令指定都市のうち、年間で1世帯当たりのカレールーの購入量が多かった順に並べると、鳥取、青森、金沢、佐賀、山形となる。逆に少ない方からは那覇、和歌山、東京都区部、千葉、京都となる。最も多い鳥取は2018グラムで、1364グラムだった那覇のほぼ1・5倍だ。

作品に戻れば、向田は「ところで、あの時のライスカレーは、本当においしかったのだろうか」と軽く自問する。いやいや、いま食べればさしておいしくないかもしれないが、記憶の中にしまいこまれているライスカレーは、家族の思い出という甘酸っぱいスパイスがたっぷり入った至福の味に違いない。

（作品の引用は文春文庫）

ぜんざいとお汁粉

小島政二郎『食いしん坊』

『食いしん坊』は、大阪で昭和26（1951）年8月に創刊され、同43年5月の「続200号」（実質201号）で休刊した月刊誌『あまカラ』に連載されたエッセーをまとめたものだ。『あまカラ』は食の雑誌の初めで、文久3（1863）年にのれんを掲げた大阪の老舗和菓子店「鶴屋八幡」がスポンサーだった。

大阪の食の雑誌といいながら寄稿者の顔ぶれがすごい。昭和32年3月号（通算67号）の場合、小島政二郎、里見弴、福田恆存、邱永漢、近藤日出造、古川緑波、吉田健一、子母澤寛といった名が並ぶ。

小島は「私が食いしん坊であることは事実だが、されぱと言って物のうまいまずいを論じる気なんか毛頭ない」と書いているのに、読んでみれば終始、美味いまずいのことばかり。店や料理人の実名を挙げて、ときに絶賛、ときにばっさりとやる。

といって後味が悪くないのは小島その人の滋味が出ているからだろう。文章は食べ物を語り始めたと思ったら、いつの間にか文壇交遊録になっているところも、読み手にとってうれしい。例えば芥川龍之介。

「芥川さんはお汁粉が好きで、よく一緒に食べに行った。私が誘って喜ばれたのは、上野の常磐《ときわ》、柳橋の大和《やまと》、芥川さんに誘われて行ったのが、日本橋の梅村、浅草の松村」。芥川が気に入っていた常磐の客となった折のことを、こう書いている。

「私はその頃から余り甘いものが好きでなく、ごく普通の御膳汁粉専門だったが、芥川さんは白餡《しろあん》のドロッとした小倉汁粉が大好きで、御膳が十銭とすれば、小倉は二十五銭ぐらいした。従って赤いお椀も、平ッたく開いて大きく、内容も御膳の二倍はあった」

「今でもそうだが、私はなんでも食べるのが早い。一膳食べて、お代りをして、それを食べてしまっても、芥川さんはまだ小倉の一膳目をすゝっている。前歯二本に、ホンの少しばかり透き間があり、その付け根にかすかな黒いシミのある歯をお餅に当てて静かに食べている。お椀の上にある目が、睫毛《まつげ》が長くて、黒い瞳が深々と湛《たた》えていて美しかった」

読んでいて、自分もその場で芥川の顔を横からじっとのぞき込んでいるような気分になる。自死したあの作家がこんな一面を持っていたのか、という驚きもある。

ところで、御膳汁粉、小倉汁粉とは何か。西日本の方には何のことかわからないのではないだろうか。

以前、日本経済新聞のニュースサイトで「小豆と餅が入った甘い食べ物をどう呼ぶか」という読者アンケートを取った。すると糸魚川―静岡構造線辺りを境に「東のお汁粉」「西のぜんざい」と真っ二つに分かれた。つまり東日本では、こしあんやつぶしあんを用いたお汁粉が、西日本では粒あんが入ったぜんざいが基本になっている。

だからこのエッセーの舞台である東京では、こしあんのお汁粉を「御膳汁粉」と呼び、粒あんのものを「田舎汁粉」として区別した。芥川が食べた小倉汁粉の「小倉」はこしあんに砂糖漬けした豆を混ぜたもの。「白餡」だから白いんげん豆か白小豆を用いたものだろう。

ぜんざいの起源として定説になっているのが出雲発祥説だ。旧暦の神無月は国中の神様が出雲に集まるから神無月なのであって、出雲では逆に神在月《かみありづき》になる。出雲の人々は古来、神様と小豆、餅を共食し「神在餅《じんざいもち》」と呼んだ。これが「ぜんざい」の始まりとされる。

江戸前期の『祇園物語』が根拠の一つになっており、いまでも島根や鳥取では、正月に年取り神を迎えて祝うおせち料理に小豆雑煮（いわゆるぜんざい）が伝わることも、この説を補強している。

新人物往来社刊『たべもの日本史総覧』に収録されている食物評論家、安達巌氏の文章は、この辺りの事情をさらにかみ砕く。

古代朝鮮には新羅と百済、高句麗の三国があった。「そのうちの新羅の小麦食方式を日本にひろめたのは、この国と近縁関係の濃密だった古代出雲朝廷であったが、この両国は毎年の秋出雲国でサミット（頂上会談）をひらき、重要問題を打ち合わせることを欠かさなかった」「出雲ではこの神集いを神在月《じんざいづき》といい他国では神無月《かむなづき》といった。新羅の客神がこの神集いのお土産として携行したのが、小麦粉生地の団子すなわち平焼パンだった」「国つ神たちは（中略）小麦粒を分けてもらい、これをそれぞれの国に持ちかえり、栽培し収穫して粉餅や団子に加工してたべたのであるが、これを神在餅《じんざいもち》といった」

出雲の「ぜんざい」の起源はこの時代にまで遡り、小麦伝来とも関わっていたというのだ。そして「いまはこれに砂糖をまぜるが、昔は蜂蜜や飴汁を用いた」。小麦団子から米粉に変わるのは「中世以降のことにすぎない」。

香川の郷土料理にあん餅雑煮がある。白味噌仕立てで、中に甘いあんを包んだ餅が入る。江戸期から黒糖を漂白、加工した高級砂糖「和三盆」が特産品で、これがあったから生まれたと言われている。

一方で、山陰地方に神代からあった「餅、小豆を神と共食する」という習俗が、中国山地を越え、瀬戸内海を渡って香川に伝わったのではないかとの説がある。私は、この説の方に説得力を感じる。

なぜなら和三盆は隣の徳島の特産品でもあり、砂糖は長崎から輸入されたものが長崎街道をルートにして上方や江戸に運ばれていた。しかし、徳島にも九州にもあん餅雑煮はない。「材料があったから」というだけでは、香川にだけあん餅雑煮が伝わることを説明しきれない気がする。

渡辺善次郎著『巨大都市江戸が和食をつくった』を読んでいて、江戸のぜんざいに関する貴重な文章に出合った。江戸末期の戯作者、滝沢馬琴は詳細な日記を残していた。その中の天保5（1834）年の日記を著者は要約している。

12月20日。「笹屋から注文の水餅が届く。例年どおり『こしあん神在餅』を作って神仏に供え、家内一同で『祝食』した。午後、その神在餅を一重ずつ親類や地主の家に贈る」

「二十一、二十二日と、親類や地主の家から餅を搗《つ》いたからといって、神在餅、汁粉餅などをもってくる」

「神在餅」というものが幕末の江戸にあり、神仏に供えている点は出雲発祥説をさらに補強する。重箱に詰めていることから汁気はない。おそらく餅にこしあんを添えたものだったろう。これが現代の東京の甘味店にある「ぜんざい」の元ではないか。

では江戸のお汁粉はいつごろ現れたのか。本山荻舟著『飲食事典』も「東京では江戸以来汁粉といい、京阪では今も多く善哉《ぜんざい》という」と書くのみで、時期は定かではないようだ。岡田哲著『たべもの起源事典』は「幕末に、田舎汁粉の屋台が現れ」「明治維新になり、士族の商法として下谷練塀小路・御徒町などに汁粉屋ができる」とする。

間違いないのは出雲生まれの「ぜんざい」がはるか先にあったことであり、ずっと後に江戸で生まれたのがお汁粉ということになる。だから関東の人々が、お汁粉のご先祖様とも言うべきぜんざいを「田舎汁粉」などと呼んでは失礼なのだ。

（作品の引用は朝日文庫）

うなぎ

小島政二郎『食いしん坊』(続)

小島のエッセーは本題に入ろうかという段階で脇道にそれ、引き込まれて読んでいると、ふいに本題に帰ることが多い。そんなわけで、いきさつを省略して書くと、小島ら一同、文士劇『父帰る』の上演のため関西に行く。「大阪のうまい物を食べて廻ろうと楽しみにしていた」小島らは、多忙なスケジュールを縫って大阪の「生野」といううなぎ専門店に上がった。目当ては「イソベ」という、うなぎ料理だ。

「程なく出来て来た丼の蓋を取ると、一番下に御飯を敷き、その上に白焼きのウナギを幅五分、長さ一寸ぐらいに切ったのを四つ五つ載せ、また御飯を敷き、その上に白焼きを載せ、また御飯、その上にもう一度白焼きという工合に重ねて行って、最後に海苔のいゝのを揉んで振り掛け、真中にワサビ、その上から澄まし汁をタップリ掛けてあった」

それ自体は悪くないのだが、ご飯好きの小島は物足りない。そこで「生野だって、こんなイソベが店の表看板ではあるまい。(中略)やっぱり蒲焼が食べてもらいたかろう。私自身も大阪の蒲焼が食べて見たい。そう思ったから、小林秀雄を誘って、大急ぎで蒲焼を焼いてもらうことにした」。

出てきたものは「東京と違って、蒸して脂が抜いてないから、脂肪で身がコンモリ盛り上がっている。箸を突ッ込むと、全身これ脂身という感じ」「脂ッこさ、コッテリさの点では、東京の蒲焼よりも遙《はる》かにコッテリと脂ッこい」。

「寿司とウナギとは東京のものと人も言い、私もそう思い込んでいた」「大阪の蒲焼は話にならないと思っていた」「それだけに、東京のと違った上方風の蒲焼のうまさを知って私は喜んだ」

東京の蒲焼きはうなぎを背開きにして素焼きにする。さらに蒸し、それからたれをつけて焼く。関西のものは腹開きで蒸さずに白焼きにたれをつけて直焼きする。

まず蒲焼きの語源から。渡辺善次郎著『巨大都市江戸が和食をつくった』が引用している、幕末に刊行された久松祐之著『近世事物考』を孫引きする。

「昔は鰻を長きまま丸でくしに竪《たて》にさして、塩を付焼たるなり。（中略）蒲の花のかたちによく似たる故に、かまやきとは云しなり」。うなぎを串刺しにして塩焼きにしたのが原形だったことになる。

日本人はいつごろからどのようにうなぎを食べてきたのだろうか。新人物往来社刊『たべもの日本史総覧』に収録された延広真治東大教授（当時）の「うなぎ」の解説文を要約しながら考えよう。日本人は縄文時代から鰻を食用にしてきたが、文献上は『万葉集』に収められた大伴家持の歌がよく知られている。

「石麻呂に吾《われ》物申す夏痩せに吉《よ》し云う物ぞむなぎ取り食《め》せ」

美味しいから食べろではなく体にいいから食べろであって、食養生の勧めだ。

寛永20（1643）年に出た『料理物語』にうなぎ料理として「なます。さしみ。すし。かばやき。こくせう。杉やき。山椒みそやき。此外いろ〳〵」とあって、蒲焼きが筆頭にきていない。串刺しのまま焼いていたから、それほど美味とは思われていなかったらしい。

時代が下って元禄8（1695）年に出た『本朝食鑑』になると、脂がのった近江瀬田産のうなぎを絶賛する。貝原益軒が宝永6（1709）年の『大和本草』で「河魚ノ中、味最美シ」と書いている。延広氏は「今日のような身を開いて焼く方法が普及し、醤油・味醂の発達をうけて、たれが進歩したためであろう」とする。

開いて付け焼きにする新しい調理法が生まれたのは、本場を自任する江戸・東京ではなく上方だったらしい。『巨大都市――』は「上方で開発された新しい調理法が江戸に伝わったのである。その時期は十八世紀初頭の正徳年間ころといわれている」。本山荻舟著『飲食事典』も「ウナギを開いて附焼《つけやき》にしはじめたのはもと関西に起こった手法で」と記す。

同事典は18世紀後期の寛政年間に書かれた旧幕臣、篠本竹堂の手記から、江戸の両国橋近くでうなぎをさばくところを見た記事を引いている。「腹から刀を入れ、次にアゴを切り、次に背骨を去る」とあるので、これは上方と同じ腹開きだ。

寛政2（1790）年の山東京伝著『小紋雅話』にうなぎの蒲焼きを幾何学的に並べた文様が挿入されている。身は真ん中が黒く外は白い。そして1本串であるから、腹開きで蒸していないことを示し、竹堂の記述を裏付けている。

江戸が背開きになったのは「武士が切腹を嫌ったから」と言われている。それは本当か。『巨大都市――』は、江戸における調理法の変化を次のように示す。江戸でも上方風に直焼きだったが、上方と違って江戸の川は流れが緩やかなのでうなぎが泥臭い。脂肪が強くて肉も硬い。そこで「江戸では新たに『蒸し』の技術を加えたのである」「それによって余分な脂肪もとれて、やわらかくなるのである」。

しかし、蒸しを加えると、焼くとき切れやすくなる。そこで4本串が考案された。多くの串を刺すには背中から開いた方が端の身が厚くて都合がいいから背開きが主流になった。武士の切腹うんぬんは後からついた話のようで、調理上の便宜から背開きになったのが本当と思われる。

ところが飯野亮一著『すし　天ぷら　蕎麦《そば》　うなぎ』は全く反対の説を展開する。同書によれば元禄9（1696）年に成立した『茶湯献立指南』の「鰻かば焼」の項に「背よりたちひらき二処串にさしあふる（あぶる）べし」とある。18世紀前半に出た雑俳「錦の袋」には「追剝《おいはぎ》に背中割《わら》るゝ鰻裂き」の句が収められている。

木室卯雲の『見た京物語』は、明和3（1766）年の京における見聞を基に「うなぎは若狭鰻とて名物とす。されども背より割く事を知らず。腹より割く」と書き留めていることからすると、遅くとも18世紀中ごろまでに「江戸の背開き、上方の腹開き」が定着していたと言える。そして「はじめ、鰻は背から裂かれていたようだが、その後江戸は背開き、京都は腹開きになっていく」と結論づけている。

江戸はもともと背開きだったのか。それとも調理上の事情から背開きになったのか。引用された文献や絵画資料によって相反する結論が求められるようだが、ここは「両説あり」とするにとどめておこう。

延広氏の解説に戻ると、現代のうな重やうな丼のご先祖に当たるうなぎ飯が生まれたのは18世紀末らしい。寛政10（1798）年に成立した石井垂穂作の『損者三有』に、相撲見物の折には、飯・うなぎ・飯・うなぎ・飯という具合に重に詰め、蓋を開けると「近所へかばやきの匂ひがほんと」するという記述があるという。日本人が蒲焼きと白いご飯を一緒に食べる幸せを知ってから二百ウン十年がたったことになる。

関東と関西では蒲焼きの作り方が違うことは見てきたが、それ以外にも食べ方が異なっていた。笹井良隆編著『大阪食文化大全』によると「関西地方では、ウナギによく酢を合わせる。ウナギを鮓《すし》にしたものを『宇治丸』といった。『喜遊笑覧』（一八三〇年）巻十、飲食篇にも『宇治丸』は、鰻の鮓にて、古く名高きものなり」とある。

宇治川のうなぎを裂いて切り、上等の酒と塩を混ぜたものを絡めて一晩置く。翌日、酢、塩、砂糖を加えたご飯にうなぎをのせてタデかシソの葉で巻いた上で、一夜重しをかけるというものだ。

今日でも関西ではうなぎが寿司ネタに入っているのは、こんな歴史があったためだろうか。東京ではうなぎではなく、穴子になる。

中京地区は東西混交ながら、関西風に腹開きで蒸さないタイプが多い。その場合、見た目ではわからないが、醤油は濃口ではなくて中京地区特有のたまり醤油だ。これがこくを生む。たれに氷砂糖やざらめを加えるために、焼くと表面に照りが出て皮がパリッとなる。こうでなくてはひつまぶしやお茶漬けができない。

中京以西はうなぎを一口大に切ってご飯にのせる。東日本は長焼きがそのままのる。そして我がふるさと九州の蒲焼きは頭が痛くなるほど甘い。甘いが、九州ではこうでなくては「うもなか（うまくない）」ということになる。

（作品の引用は朝日文庫）

チャブ台、食卓、ダイニングテーブル

堺利彦『新家庭論』

この本は「明治三十四年夏八月、涼風の腋下《えきか》に生ずるを覚えながら」という序を持ち、翌35（1902）年にかけて出版された『家庭の新風味』（全6冊）を底本としている。当時、堺は「枯川《こせん》」の号で執筆した。

ようやく成立してきた中流家庭の人々を対象として「新しい家庭はどうあるべきか」を微に入り細をうがって述べた、いわば実用書だ。しかし著者は著名な社会主義者であって、その内容には激烈な思想が隠されていた。

読んでいてまず興味を抱いたのは旧憲法下の民法の規定だった。772条に「子が婚姻をなすにはその家にある父母の同意を得ることを要す、ただし、男が満三十年、女が満二十五年に達したる後はこのかぎりにあらず」とある。

父母の同意が条件というのは、父を戸主とする当時のイエ制度からすれば当然であっただろう。男女ともいい大人になるまで、自分の意思だけでは結婚できなかった。

堺は「この民法の精神によったものがいちばんよいと思う」としながらも「結婚はけっして親のためにするのではない」「自分の心に染まぬ結婚をして、いくら親を安心させ満足させても、世の中に対してためにならぬのでは相済まぬわけではあるまいか」「家族制度の社会ではない。（中略）総領だから嫁に行かれぬの、本家を相続せねばならぬのと、そんなことのために心ならぬ結婚をするのは、じつにばかばかしい次第である」と説き続ける。

いま読めば当たり前のことばかりだが、日清戦争と日露戦争のはざまの時代であることを考えれば、アジテーションに等しい主張ではなかったか。

男子の旧制中学校に当たる高等女学校を設置するための勅令が出たのが明治32年。「北海道及び府県に於いては、高等女学校を設置すべし」との号令によって、さっそく8校が設立、始業し、間もなく設立の運びになっているのが12校あると、当時の時事新報は報じているが、女子の中等教育は緒についたばかりだった。

その日その日の暮らしに追われていた人々は別として、中流以上の家庭の親と娘の多くが結婚や家庭のありように関して江戸時代以来の考え方に疑いを抱いていなかった中にあって、堺の「結婚は本人同士の問題であり、家のためにするものではない」という主張は、読む人を驚かすような響きを持っていた。

そして何気ないことのようながら、実は極めて革命的な言辞が「食事のこと」という項目に現れる。

「食事はかならず同時に同一食卓においてせねばならぬ。食卓といえば、丸くとも四角でも大きな一つの台のことで、テーブルといってもよい、シッポク台といってもよい、とにかく従来の膳というものを廃したいと我輩は思う」

「みな同一なものを食わねばならぬことはもちろんである。世には不心得なる男子があって、自分は毎晩酒さかなの小宴を張って、妻子には別間でコソコソと食事をさせる、というようなことをする。これはじつに不人情な、不道理な、けしからぬことである」

この主張のどこが革命的であったのか。石毛直道著『食卓文明論　チャブ台はどこへ消えた？』に拠《よ》りつつ考えてみよう。ざっくりと書けば、日本人は最初、食事を折敷《おしき》に盛った。床に板を置き、その上に椀や皿を並べたのだ。

折敷に脚や台がついて膳になる。それも1人に一つの銘々膳だ。中でも白木の三方や四方が最も格が高かった。三方は膳の下に取り付けた筒状の曲げ物の3方向に刳《く》り型を彫ったもので、その伝統からいまでも正月には鏡餅を三方に盛る家庭が少なくない。

折敷にせよ膳にせよ、食器と口の距離が大きい。そこで食器を手で口の近くに持ってきて箸で食べるという日本人の食事風景が生まれた。

堺が「シッポク台」といっているのはチャブ台のことだ。『食卓文明論』によればチャブ台の元になった折脚付きの円形甲板がついた食卓が発明されたのは明治24（1891）年のことで、狭い部屋でもすぐ片付けられることから徐々に普及した。これなら堺が主張したように、家族が同じ食卓で同じ物を食べることができる。

しかし、チャブ台とともに銘々膳も並行して用いられていた。

「町に住む人びとの家庭では大正時代末から昭和のはじめにかけての時期にチャブ台を採用した家庭がおおく、農村部ではチャブ台に変化をするピークが昭和九年」だったという。

銘々膳の場合、イエ制度を反映して夫が上座、妻は下座、使用人は板張りの間やかまど近くなどといった区別があった。夫だけが別間で晩酌という家庭も少なくなかったという。膳の大きさ、皿の数にも差があり、当時の日本には堺が指弾したような光景が当たり前に存在した。

堺は食卓の情景を変えることで、イエ制度の破壊を呼びかけたわけだ。チャブ台にイデオロギーを持ち込んだといってもいい。

先に取り上げた向田邦子の『父の詫び状』に収められた「昔カレー」の一節。

「我家のライスカレーは二つの鍋に分かれていた。アルミニュームの大き目の鍋に入った家族用と、アルマイトの小鍋に入った『お父さんのカレー』の二種類である。『お父さんのカレー』は肉も多く色が濃かった」「食卓も家族と一緒を嫌がり、沖縄塗りの一人用の高足膳を使っていた」。戦前昭和の中流家庭でもこうだった。

同じ時期、やはり社会主義者の幸徳秋水は「婦人問題の解決を論ず」という文章を明治35（1902）年10月10日付の万朝報《よろずちょうほう》に寄せている。現代文に抄訳する。

「最近、婦人問題に関する研究や議論が増えてきた。しかし婦人問題の専門と称する人物の書いたものを読めば、男子はどうすれば女性に愛されるかとか、どうすれば女性を思い通りにできるかとか、いかにいまの女性が尊敬に値しないかとか、女学生は小憎らしいとか、そんな内容ばかりだ。だが本来は、文明とともに女性の地位は向上するべきもので、女性が社会組織の中でより重要な役割を果たすようになるのも争うことができない事実だ。20世紀の女性問題は重大な社会問題であって、それを解決するためにはまず女性を男性と平等な存在として認めなければならない」

堺の「とりあえず家族一緒に食事をしよう」という極めて具体的な主張に比べれば、秋水の主張は観念論で終わっている。もちろん、それ自体は十分に革命的なのだが、読者への説得力という点では雲泥の差がある。堺に軍配を上げざるを得ない。

　堺が唱えたような食事風景が一般化するまでには、明治末から大正、さらに戦前昭和という長い時間が必要だった。実現するのは戦後のことで、ダイニングテーブルは公団住宅ができた昭和30年代以降、それもメーカーがイスとテーブルをセットにした商品を売り出してからだった。

　ついでながら、堺が具体的な物事をとらえて革命的な主張を展開した事例をもうひとつ紹介しよう。明治34年6月8日付の万朝報に掲載された「言文一致の手紙」という文章だ。以下は抄訳。

「最近は小説や紀行文、随筆などは言文一致で書かれたものが多くなった。これからますます言文一致が進むと思うが、自分は一般に対して手紙を言文一致で書くことを勧めたい。そうすれば返事も言文一致のものが増えるだろうし、愉快ではないか」

　その4カ月後、帝国教育会は翌年の全国連合教育会に提出する議案をまとめた。つまり「小学校の教科の文章は言文一致の方針によること」「小学校の国語のつづり方での書簡文は候文体を廃して言文一致とすること」の速やかな実行を文部大臣に建議する、という内容だった。
　ということは、明治の30年代半ばを過ぎても小学校で候文を教えていたわけで、そんな時代だったからこそ堺の「手紙は言文一致で」という、どこまでも具体的な主張が浸透していったのだろう。

（引用は講談社学術文庫）

歯磨き

森鷗外『雁』

貸金業の末造は、男にだまされかけたお玉を囲い者にした。そこに鷗外自身らしい「僕」と下宿が同じ大学生、岡田がからむ。次第に岡田に惹かれるようになるお玉。自我に目覚めるお玉の心模様がひとつの読みどころになっている。作品の舞台は明治13（1880）年の東京の本郷、湯島、池之端辺りだ。

末造がお玉とその父親を料理屋に招いて顔合わせする場面にこんなくだりがある。まずお玉の容貌。

「さっぱりとした銀杏返《いちょうがえ》しに結《い》って、こんな場合に人のする厚化粧なんぞはせず、殆《ほとん》ど素顔と云っても好《よ》い。それが想像していたとは全く趣が変っていて、しかも一層美しい」

「銀杏返し」というのは日本髪の結い方のひとつだ。その下の素顔。書いてはいないが当然、華やいだ着物をお玉は身につけていたことだろう。

「座舗《ざしき》に帰って、親子のものの遠慮して這入口《はいりぐち》に一塊になっているのを見て、末造は愛想好く席を進めさせて、待っていた女中に、料理の注文をした。間もなく『おとし』を添えた酒が出た」と場面は続く。ここに出た「おとし」というのは、巻末の注解に「お通し。客の注文した料理のできるまで酒の肴《さかな》に勧める簡単な食物」とあるように、いまでも居酒屋などの飲食店で出る「お通し」と同じものだ。

お通しの起源に関する史料があるのかどうかわからないが、明治13年時点で当然のように客に出されている。ということは江戸時代からあったのではないか。

もっともお通しという言葉は関東のものであって、関西以西では「突き出し」が主流だ。かつて日本経済新聞のニュースサイトで読者アンケートを取ったところ、東西に二分された。お通しは店側の、突き出しは客側の視点が反映しているようだ。

鷗外が軍医だったためか、口腔《こうくう》衛生に関する記述が散見される。

「珍しい屋号のこの店には、金字を印刷した、赤い紙袋に入れた、歯磨《はみがき》を売っていた。まだ練歯磨なんぞの舶来していなかったその頃、上等のざら附《つ》かない製品は、牡丹《ぼたん》の香《におい》のする、岸田の花王散と、このたしがらやの歯磨とであった」。では江戸から明治のころの歯磨きはどんなものだったのか。

山田平太著『歯と世相』によると「歯磨の始りは寛永二十年に丁子屋喜左衛門が朝鮮人

の伝を受けて製《つく》つたといふ大明香薬砂《くすりずな》である」「江戸時代の歯磨の原料は房州砂を水飛して竜脳丁子肉桂などを加へたもので中には麝香《じやこう》を入れたものもあつた」。

房州砂は陶土を水に溶き、上澄みを乾燥させたもの。石川英輔著『見てきたように絵で巡る　ブラッとお江戸探訪帳』によると「原料の土を水に溶かして粒子を選別する技術によって炭酸カルシウムの微粒子を分離した上で、歯みがき粉の基剤とした」。

つまり、昭和の時代までよく見かけた粉歯磨きの祖先と考えればいいだろう。さらさらとした微粒子だ。社史『ライオン歯磨八十年史』を開くと、丁子屋うんぬんの話は大郷良則著『道聴塗説』が根拠になっていることがわかる。『八十年史』は19世紀前半の「文化より文政にかけていろいろな歯磨が出現し、多いときにはその種類も100種に近かったという」と書いている。

歯磨きを売る常設の店もあったが、多くは居合抜きやこま回しなど大道芸を見せながらの路上販売だった。明治維新後も西洋の練り歯磨きは普及せず、作品に登場する「花王散」と同じものらしい「改良歯磨花王散」が発売されたのは明治8（1875）年のことだった。

『資生堂百年史』に目を転じると「明治二十一年（一八八八）一月、文明開化にふさわしい商品が資生堂から発売された。『福原衛生歯磨石鹸《せっけん》』である。日本ではじめて製造された練り歯磨であった」とある。ここにきてようやく国産練り歯磨きが登場する。

そして『花王120年史』にも明治26年に「『鹿印煉歯磨《ねりはみがき》』が発売された」という記述を見ることができる。そして同36年、「ライオン固煉歯磨」が世に出る。

こうして明治も20年を過ぎるころから練り歯磨きが普及していく。軍隊で歯磨きの習慣を身につけた地方出身の男たちが、故郷に帰ってこの習慣を伝えたことも背景にある。

作品に戻ろう。ある朝、末造が予告もなく訪ねるとお玉は歯を磨いているところだった。「銜《くわ》えていた楊枝《ようじ》を急いで出して、唾《つばき》をバケツの中に吐いて」と鷗外は書いているが、現代人にはその意味がわからない。ここで言う楊枝は爪楊枝ではなく、木の枝先をたたいてブラシ状にした「房楊枝」だ。房の反対側は薄く削られ先端がとがっている。現代の歯ブラシの柄の先が爪楊枝になっているようなものだ。

国貞の「當世三十弐相《とうせいさんじゆうにそう》」に、うがい茶碗を持ち房楊枝の柄の部分で歯をこする美人絵があり、歌麿の「風俗美人時計」にも禿《かむろ》に水を張ったたらいのようなものを持たせて、歯磨きと洗面をする遊女が描かれている。水道がなかった時代に、屋内で歯磨きをしようとすれば、こうした茶碗やたらいが必要だった。

お玉が唾を吐いたバケツはうがい茶碗の代用であり、歯磨き粉は従来の方法で作られたものだった。歯ブラシは練り歯磨きとともに普及する。

作品世界の明治13年というのは、法的に医師と歯科医師が別個になる3年前。お玉の口の中は江戸時代のままだった。

江戸時代の女性の歯というとお歯黒を思い浮かべる。歌舞伎の女形は現代でもお歯黒をして登場する。では日本人はいつごろから何のためにお歯黒をしてきたのか。大野粛英・羽坂勇司・高橋紀樹著『見て楽しい歯的博物館』は大略、次のように書いている。

お歯黒の歴史は中国の古い典籍『山海経』や『魏志倭人伝』にもうかがわれる。東南アジアには、いまでもビンロウの実を割って石灰を混ぜ、キンマの葉で包んでかむ習慣が残っている。常習者は歯が真っ黒になる。台湾では街の至る所にビンロウを売る店があって、このビンロウで歯が黒く染まる習慣が日本のお歯黒の元祖と言われている。日本人の祖先が南方から渡ってきた名残なのだという。

平安時代に書かれた『源氏物語』や『紫式部日記』に登場する宮廷の女性たちはみなお歯黒をしていた。だから『堤中納言物語』の「蟲愛《むしめ》づる姫君」は眉をそらず、歯を黒く染めなかったから奇癖があるとされた。

男性のお歯黒は鳥羽天皇に始まり、公卿たちもこれに倣った。

武士の男児は元服の儀式のときに歯を染めた。黒色がほかの色に染まらないことから主君への変わらぬ忠義を表す意味があった。江戸時代に入ると公卿を除く男性のお歯黒は廃れたが、女性の既婚の証しとしてのお歯黒は続いた。

しかし幕末以降、日本にやってきた欧米人からすると、お歯黒は「奇習」そのものだった。そこで明治政府は明治元（1868）年、「公卿のお歯黒、眉そり禁止」の太政官令を出す。それでも習慣は直らず、同3年に同じ太政官令を再度布告した。

さらに同6年になって明治天皇の母と妻、つまり皇太后と皇后がお歯黒、眉そりを止めると宣言して実行された。これによってようやくお歯黒の習慣は廃れ始め、明治中期になると年配の女性を除いて歯を染めず眉をそらない女性が主流になった。「明眸皓歯《めいぼうこうし》」、すなわち白く輝く歯が女性の魅力とされる時代を迎えたのだ。

作品の主人公、お玉は未婚だったから歯は染めていない。末造の囲い者になっても結婚するわけではないので、歯は白いままだ。歯ブラシと練り歯磨きが普及するまで、毎朝、房楊枝と房州砂で歯を磨き続けたことだろう。

（作品の引用は新潮文庫）

マヨネーズとケチャップ

北杜夫『母の影』

どくとるマンボウこと北杜夫の父は文化勲章を受章したアララギ派の歌人、斎藤茂吉。母は学習院出の大病院の娘、輝子。短気でワンマンな夫と、天衣無縫なところがある妻の折り合いは必ずしもよくなく、妻はダンスホールで知り合った男性との関係が露見し一時期、家を出される。

息子の描写から立ち上る大正、昭和を代表する歌人の素顔とその妻の言動は、一部は普通の家庭にもあるような、そして大方は決してあり得ないような様々な事件に彩られている。病院の院長でもあった父は仕事と作歌に忙殺され、子どもの面倒をほとんど見ない。例外は家族の誰かの誕生日のような特別な日に銀座の「オリンピック」という「中くらいの」レストランに連れて行ってくれたことだった。

「青山の家の食事が質素なため、そこで食べる海老《えび》フライは素敵《すてき》に美味に感じられた。それには車海老が三匹ついていて、とろりとしたパセリをまぜたマヨネーズがかけられ、子供心にはなんとも言えぬ味であった」

時期は書かれていないが作家が昭和2（1927）年生まれなので、同10年前後のことではなかったか。

エビフライにはいまでもマヨネーズか、それに薬味を加えたタルタルソースが添えられることが多い。

日本で初めてマヨネーズを製造したのはキユーピーの前身の「食品工業」で、大正14（1925）年3月のことだった。いまでは「マヨラー」という言葉があるように、日本人はマヨネーズが好きだ。あるいは世界一マヨネーズ好きな国民かもしれない。

キユーピーには社史がない。その代わり同社のホームページで「マヨネーズの本」を読むことができる。まずマヨネーズの語源。

18世紀半ば、地中海に浮かぶ英領メノルカ島をリシュリュー公爵率いる仏軍が攻めた。公爵が港町マオンの料理屋で食事をした際、肉に添えられていたソースが気に入り、パリで「マオンのソース」として紹介した。それがマオンネーズからマヨネーズとなったというのが最も有力な説とされる。

一方、水産講習所を卒業した中島董一郎《とういちろう》は大正元（1912）年に農商務省の海外実習生として英国に渡る。後に米国に行き、そこでサラダの調味料として使われていたマヨネーズを知った。

卵、油、酢を主原料とするマヨネーズの栄養価と味に注目した中島は帰国後、日本人の栄養状態に合わせて輸入品の2倍の卵黄を使ったマヨネーズを作ろうと決意する。

関東大震災後に日本人の生活が洋風化するのを見た中島は「好機到来」とキユーピーマヨネーズの発売に踏み切る。そのころ生野菜を食べなかった日本人のことを考えてサケやカニの缶詰用ソースとして紹介した。初年度こそ出荷量が600キログラムに終わったものの、それから順調な広がりを見せ、昭和16（1941）年には過去最高の約500トンに達した。しかし、戦争で原料が入手できなくなり同18年3月、製造を中止した。

製造を再開したのが戦後の同23年3月。出荷量は24トンだった。翌年58トンに倍増し、その後は確実に日本人の生活へ浸透していった。

キユーピーのマヨネーズは全体の15パーセントが卵黄で、500グラムに卵黄4個の割合だ。卵白は使わないので「卵黄型」と呼ばれる。卵とご飯の相性のよさが、キユーピーのマヨネーズの特徴であり強みだ。

戦後、様々な企業がマヨネーズ市場への進出を図ったが、巨人キユーピーの壁に阻まれ次々に撤退していった。そこへ果敢に挑戦したのが味の素だった。

『味の素グループの百年』によれば、同社がマヨネーズの商品化に取り組み始めたのは同40年のことだった。問題はキユーピーの壁をいかに越えるか。そのため「徹底的な調査を行い、キユーピー社製品は若干酸味が強いという意見を掘り起こした。そこで、製品開発のポイントを〝マイルドな味の実現〟に置くことにした」。

そして3年後に「味の素KKマヨネーズ」が世に出る。『百年』には明記していないが、味の素が行き着いたのは卵白も使う「全卵型」だった。世界各国のマヨネーズは味の素タイプの全卵型で、キユーピーの卵黄型は日本独自のものだ。つまり日本人は両方のタイプのマヨネーズを選択できる。両者のシェアには開きがあるものの、市場を食い合うのではなく競争が市場を拡大していった。

いずれにせよ、少年時代のマンボウ先生が味わったマヨネーズは輸入品ではなく、急速に普及していたころのキユーピーのものだったろう。

ところで総務省家計調査の平成24〜26年平均で、世帯当たりのマヨネーズ・マヨネーズ風調味料の購入額・量ともに1位だったのは鳥取市だ。鳥取市民は日本一のマヨラーということになる。

日本人にとってマヨネーズと並ぶ洋風卓上調味料がケチャップだ。ケチャップといえばトマト。トマトといえばカゴメだろう。

カゴメの創業者は蟹江一太郎という。『カゴメ八十年史』によると、一太郎は現在の愛知県東海市名和町の農家の養子となったが、兵役についたとき上官から「これからは農業のあり方を考え直さなければいけない」と教えられ、除隊後の明治32（1899）年、西洋野菜の栽培に乗り出した。横浜から種を取り寄せてトマト、キャベツ、パセリ、玉チシャ、白菜、ダルマニンジンなどを栽培した。それでトマトの栽培に成功してそのままケチャップ製造に至るのならば、社史を読むまでもない。ここから「物語」が始まる。

それまで養蚕農家だった蟹江家にとって桑畑を西洋野菜畑に転換することは冒険だったに違いない。一般家庭に西洋野菜はまだ普及していないし、需要があるのは西洋料理店や限られた青果問屋しかなかったからだ。しかし西洋野菜は意外なほど売れた。

「米が一石（百五十キロ）四～五円、麦が一俵（五十キロ）一円七、八十銭、甘藷が反（十アール）当り十円から十二、三円であったのに対し、西洋野菜は平均して反当り五、六十円になった」というから、もくろみ通りと言えた。ただしトマトを除いてだ。

トマトは「一太郎が手がけた西洋野菜の中で、もっとも始末に困る厄介な作物であった。

まず、あのにおいである。現在のトマトは品種が改良されてそれほどでなくなったが、昔のトマトは実に臭かった。野菜として容易になじまれなかったのも、味よりあのにおいのためであるが、成熟したものでも臭かったのだから葉や茎や未成熟のものの臭さは格別で、トマト畑のそばはだれもが鼻をつまんで走り抜けたほどだった」と社史は書く。

社史の執筆者はトマトの臭さを身をもって知っていたに違いない。その記述には実感がこもっている。昭和30年代の私の子ども時代を思い出すと、畑に実っているトマトをもいできて、井戸水につけておく。しばらくすると冷たいおやつになった。しかし臭かった記憶はないし、トマト畑を鼻をつまんで走り去る人もいなかった。すでに品種改良されて臭みが取れていたのだろう。

一太郎に話を戻すと、それまでのトマトの栽培法が間違っていることを知った彼が正しい栽培法で育ててみたらトマトは豊作になった。豊作は喜ぶべきことだが、やっかいものが増えたわけで、むしろ困ったことになった。

そこで思い出したのが「トマトは加工して使う」という農事試験場の技師の言葉だった。しかしどう加工すればいいのかわからない。一太郎は西洋野菜のお得意先で、そのころの名古屋で唯一の洋式ホテルだった名古屋ホテルの厨房を訪ねる。そこで瓶詰めのトマトソースをわけてもらい、家族と味やにおいを確かめながら、試行錯誤を繰り返して手製のトマトソースをこしらえた。

ときに明治36（1903）年7月のことだった。

トマトソースといっても香辛料は加えず味もつけていない物だったから、現在の分類だとトマトピューレだ。カゴメというとケチャップの印象が強いが、その前にピューレがあったことを社史で知った。

トマトソースの製造と販売が軌道に乗ると「アメリカではトマトソースよりよく使われる調味料だから」とケチャップ製造を勧められるが、一太郎は「今作ってもはたしてどれだけ売れるか疑問」といって動かなかった。一太郎がケチャップを手がけるのは同41年になってからだ。

トマトソースは西洋料理店が材料として使う。しかし卓上調味料のケチャップは、一般家庭に洋風の総菜が並ぶようにならないと売れない。その時期を見極めて製造を始めたのが明治も41年ということで、日本の都市部において洋風料理が普及してきた時代相を映している。こんなことが書いてあるから、社史を読むのは楽しい。

（作品の引用は新潮文庫）

たこ焼きと玉子焼き

開高健『新しい天体』

出世から取り残された大蔵官僚が突然、「相対的景気調査官」に任命され、余った予算で様々なものを食べつつ、統計に表れない景気の実態を調べるよう命じられる。

奇想天外な設定なのだが、読んでみれば開高自身が屋台や若い女性が集まる店、下町の居酒屋、松阪牛の老舗料理屋などに足を運び、取材を重ねて書いたものだということがわかる。小説でありながらルポでもある。

まず訪ねたのが銀座のたこ焼き屋台。

「タコ焼きは一片のタコのほかにサクラエビだの、揚げ玉（天カス）だの、トリ肉のミンチだの、いろいろなものがもったりと重いメリケン粉の衣にくるまれたうえに鈍重なトンカツ・ソースを塗りたくられ、さらにそのうえへ安物の、色の褪《あ》せたアオノリをまぶしたものであった」

関西の、中でも大阪でたこ焼きを食べて育った人は「これはたこ焼きとちゃう」と叫びたくなるのではないか。特に「トリ肉のミンチ」のところでは絶句するだろう。

関西のたこ焼きは生地の小麦粉を昆布主体の出しで溶く。出し本位主義の大阪人の舌は、生地に含まれる出しを厳しく吟味し、うまいかどうかを判断する。

対して、昆布文化を持たない東京のたこ焼きは、生地を水で溶く代わりに、いろいろなものを加えて味を加えようとするから、揚げ玉や刻んだ紅ショウガ、ときには鶏肉のミンチなどを混入することになる。

私は大阪勤務時代、地元出身の女性社員がたこ焼きをほお張りながら「出しが効いてて美味しい」と言うのを聞き、初めてそのことを知った。お好み焼きでも同じことだ。

開高は大阪での子ども時代を思い出す。

「昔の大阪にはタコ焼きの鉄板と穴をさらに小さくして掌《てのひら》ぐらいの鉄板にして小穴をポツポツとあけたのにメリケン粉を流す〝チョボ焼き〟というものがあった。これにはコンニャク、タコ、紅ショウガのきざんだの、それにサクラエビなどを散らし、火鉢の炭火にのせ、焼けぐあいを見てチビリ、チビリと醬油をつぐのである」

チョボ焼きはかつて関西で流行した遊戯料理だ。年配の関西人には懐かしいのではないか。最近まで専門店があったとも聞いたが、いまは死語になった。

開高が描いた銀座のたこ焼きは、関西のたこ焼きというより、チョボ焼きを大きくして醬油ではなくソースを塗った感じだ。それはともかく屋台のおっさんから「近頃は〝明石焼き〟などというものが関西から進出してきました」という話を聞くところからルポが始まる。

「〝明石焼き〟というからには神戸か須磨か明石か、どこぞそのあたりが発生地だと思われる」「タコ焼きには相違ないけれど、タコがひときれ入っているだけで、あとは何も入れず、ただし卵をたっぷりと使って衣を軽く仕上げ、お澄ましのようなおつゆに一コずつ浸して食べるのが特徴だという」

開高は屋台のおっさんに教えられた「有楽町界隈の劇場のうちの一つ、そこの階段をおりたところにあった」店を訪ねる。折から少女たちが明石焼きを食べていた。

「赤く塗った、少し坂になった台のようなものに二列に並んだ、ダンゴに似たものである。黄いろくて、柔らかくて、軽そうであり、少し焦げめもついているようである。それを一コずつそっとお箸でつまみあげ、よこの平茶碗のおつゆにつけては、口へはこんでいる」

開高はその店のおばさんから「神戸の宗家」を教えられる。開高は「いってみよう。久しぶりで帰ってみよう。大阪へいこう。神戸へいこう。宗家に会ってみよう」と思い立つ。

そして神戸の元町かいわいにあるたこ焼き屋、宗家「蛸《たこ》の壺《つぼ》」を訪ねた。

「タコ焼きをこういうふうにやってみることを思いついたのはおばさんで、昭和二十八年頃のことだった」「オムレツや卵焼きがヒントになったのだと思うが、はじめは卵と粉の関係、かきまぜかた、火かげん、おつゆにつけて食べること、いろいろなことがみな手さぐりだったので苦労したが、やがてお客さんがつくようになった」

これは小説的改変なのだろうか。でないとしたら、いろいろな点で間違っている。

熊谷真菜著『たこやき』という本がこの分野で唯一の研究書だ。同書は現存するたこ焼きを3種に分類する。

「一番目はおそくとも、明治半ばにはあったと思われる、今はだしにつけることで有名な玉子焼。当時はまだ、だしにつけることもなく、そのままを指でつまんで食べていた。これは明石焼という名まえで全国には通っている」

「二番目は昭和初期に生まれた、たこ焼である。これはラヂオ焼から発展したもので、はじめはしょうゆ味でなにもつけずに食べるものだった。いまでもなにもつけないたこ焼は健在だが、一般にはあまり知られていない」

「濃厚ソースをつけて、青のり、かつおの粉などをふりかけた、現在ではもっともオーソドックスな三番目のたこ焼が、昭和二十年代後半から三十年代にかけて登場している」つまり開高が「明石焼き」と認識したものは兵庫県の明石で生まれた玉子焼きのことであって、本場は神戸ではない。「宗家」も一種の屋号であって、本家本元を意味しない。明治期にすでに明石に存在した。おそらく宗家のおばさんが玉子焼きを見よう見まねで作るようになったのが昭和28年ごろということではなかったか。

開高は大阪生まれで中学、高校、大学時代も大阪で過ごした。作品の文章を読む限り、開高がこの作品を発表する昭和49年時点で明石焼き、つまり隣県兵庫の明石に伝わる玉子焼きを知らなかったと考えざるを得ない。

そして大阪のそれとは似て非なる銀座のたこ焼きに異を唱えていないことからすれば、開高は大阪生まれながら本場のたこ焼きにもなじんでいなかったと思えるのだ。

二番目のたこ焼きこそ、大阪のたこ焼きの元祖だ。熊谷著『たこやき』は大阪市西成区玉出西に本店がある「会津屋」の初代、遠藤留吉、ハツ夫妻へのインタビューを収録している。

要約すると、遠藤夫妻はまず昭和８（１９３３）年に「ラヂオ焼」の屋台を始めた。

「神社とかの縁日いうて、当時は毎晩どっかで、夜店が出とったなあ（中略）。今みたいに娯楽がないさかい、縁日の明るさやにぎやかさは、みんなの楽しみやった。そやからなんかの屋台をしようと思て、千日前の道具屋筋に行って、ラヂオ焼の道具を買《こ》うたんや」ラヂオ焼きというのは「おやつみたいなもんで、どこでもあったなあ。ブリキのカンテキに鋳物の焼型をのせて、メリケン粉を水で溶いたんを型にながす。そこにこんにゃくやねぎ、天かす、紅しょうがのきざんだんを入れて焼く。しょうゆ味や」。

チョボ焼きの穴を大きくし、早く大量に焼けるようにしたのがラヂオ焼きと考えればいいのか。縁日などに出る屋台のもので、主な客は子どもだった。しかし「あんましうまいものではないんや。子供相手ならいいかもしれへんけど、それでは商売にならへん。夜はおとなの客も多い。おとなが買って、おとなでもよろこぶものをつくらへんとあかんわ。それでなんとかうまいラヂオ焼を焼こうと工夫した」。

その工夫というのは次のようなものだった。

「いろんなもんをためしに入れてみたけど、どれもあかんかった。そやけどある日、しょうゆ味でたいた牛肉を切って入れてみたら、案外いけたんでしばらくそれで売ってみた」。それが2年後の同10年10月ごろの話。

1カ月ほどたったころやって来た客がこう言った。

「なにわは肉かいな。明石はタコ入れとるで」

この一言が大阪のたこ焼きが生まれるヒントになった。遠藤さんはこう語る。

「それから肉のかわりにタコを入れるようになった。ゆでたタコを小さく切って入れる。そのころタコは安かったしな」「ついでにコナを溶くときに、だしもいっしょに溶くようにしたんや（中略）そんでちょっと高級品やったけど、味の素をひとつまみ入れた。これがめっぽううまいんでんが」

大阪で肉といえば牛肉のことだから、遠藤さんのラヂオ焼きにも牛肉が入っていた。しかし切り落としでも安くはない。対して当時、タコは安く手に入る食材だった。このことも肉からタコに変える動機になったのだろう。

これが大阪のたこ焼き誕生の瞬間だった。「赤幕に白字で〝たこ焼〟と染めぬき、昭和十一年には本格的になっていった」

会津屋のたこ焼きは現在もそのころと変わらぬ醤油味で、関西はもとより東京にも支店を出している。百貨店の物産展やイベントでもよく見かける。

では大阪のたこ焼き誕生のヒントになった明石の「玉子焼き」はいつ、どんなふうに生まれたのか。結論から言うと、よくわからない。熊谷さんが古老への聞き取りなどから

「おそくとも、明治半ばにはあったと思われる」という表現にとどめているのは、資料が現存しないからだ。

それでも熊谷さんは少年期を明石で過ごした稲垣足穂の「明石」という作品に、玉子焼きの古写真のような情景を見つけた。

「お午頃《ひるごろ》になると、前掛の下に小皿を忍ばせたおかみさんや、娘らが買いにやってくる。これは一家のおかずにするためである。玉子焼の真味は焼たてを取る処《ところ》にある。夜の屋台店の前に立って、手につかめないような熱いのを、口にほうり込んで大あわてに舌を動かせる点にあって、東京から来た友人も私を真似《まね》てこの味を知ったのである」

稲垣は明治33（1900）年の生まれなので、明治末から大正初めにかけての光景と思われる。

玉子焼きは小麦粉、浮子（小麦でんぷん）、鶏卵を出しで溶いて焼く。中に入るのは刻んだタコ。貴重だった卵を使っているので、おやつとしてもご飯のおかずとしても重宝されたことがわかる。

玉子焼きはいまでこそ、出しつゆにつけて食べるが、稲垣の時代は熱いのをそのまま口に入れていた。地元で聞いたところによると、最初は熱い出しつゆではなく、ただの冷たい水だったという。口に入れる前に水で玉子焼きを冷まして、火傷を防ぐのが目的だった。それがいつごろから熱い出しつゆに変化したのか。これも記録がなくて判然としない。

玉子焼き誕生の事情を考える上で外すことができない物がある。明石で明治から昭和初期にかけて作られていた模造サンゴ「明石玉」だ。『たこやき』によれば「ツゲの木を台とし、重さを持たせるために鉛玉を入れ、その上に卵の白身をかためて着色したものを張り、そのうえにさらに牛の爪を張る」ものだった。

卵白が材料として使われていたのだが、ならば余った黄身はどうしたか。これが最大の鍵になる。冷蔵庫のない時代だから、黄身はすぐに腐る。食べるしかないのだ。

そして明石玉を製造するために必要だったのが、丸い穴がいくつもあいた真鍮《しんちゅう》の型だった。そこに余り物の黄身を流し入れ、安く出回っていた地物のタコを落として下から加熱すれば、いまの玉子焼きができる。地元では「明石玉の発明が玉子焼き誕生のルーツ」と言われているし、熊谷さんも強く示唆している。私もこの説以外にはないと思う。

いずれにせよ明治の明石でタコを入れた玉子焼きが自然発生し、昭和の大阪でそれをヒントにしたたこ焼きが生まれた。そのたこ焼きも醤油味のものからソースを塗ったものが主流になった。昭和23（1948）年に神戸のオリバーソースがとろみがあってこぼれにくい「とんかつソース」を開発したのがきっかけだった。

先に開高が「明石焼き」として食べた玉子焼きに思い違いがあると書いたが、それは無理もないことだ。大阪に生まれた開高は14歳で終戦を迎え、24歳で東京に移った。戦中戦後の食糧難の時代と青春時代が重なっている。玉子焼きどころではなかったろうし、ヒト・モノ・カネの移動がいまほどでなかった当時の大阪では、玉子焼きの存在を知る人も少なかったと思われる。

熊谷さんが分類した3種類のたこ焼きは現在でもそのまま存在する。しかし「食べ物は伝播の過程で変容する」という法則の通り、亜種や変化球が生まれている。

姫路では明石の玉子焼きに小麦粉を混ぜたものがあって、赤い傾斜のついた台に並んだ姿は玉子焼きと見分けがつかない。昆布風味の出しつゆも添えられている。しかし姫路ではソースをかけるのだ。ソースまみれになった玉子焼きを出しに浸して食べるのが姫路風。

神戸には「神戸たこ焼き」というものもある。卵黄を使わない小麦粉主体のたこ焼きにソースをかけるのは大阪と同じだが、それを出しつゆに浸すのだ。こうなると、開高ならずとも何がなんだかわからなくなる。

ともあれ開高の食味表現は開高ならではのもので、玉子焼きについても、その味わいと食感を余すところなく伝えている。

「あたたかくて、柔らかくて、軽快な衣がくにゃくにゃと舌のうえでくずれ、ほのかな卵とダシの上品な淡味が靄《もや》となってひろがるだけである。ためしにおつゆにトウガラシをふってみると、あたたかい靄のなかから軽快な辛辣があらわれて舌をチクリとやり、すばやく消えた」

（作品の引用は新潮文庫）

カフエーとカフェー

林芙美子『放浪記』

『放浪記』を何十年ぶりかで再読した。日本がまだ近代国家になりきっていなかった明治、大正という時代背景があったにせよ、芙美子の出生から青春時代にかけての貧窮と生へのもがきは、読んでいる者を息苦しくさせるほどだ。

当時としては珍しく、旧制高等女学校を卒業していたのだが望む職にはつけず、銭湯の下足番や広告の受付、行商などをして生きていく。一方でぼんやりとだが、詩人になる夢もあった。

作品の時代は芙美子が19歳だった大正11（1922）年からの4年余。この間に関東大震災があり、被災した芙美子は一時期、尾道に生活の場を移す。

作中、いつも空腹を抱えていたせいか、パンが何度も登場する。

「玄米パン」「ロシヤパン」「アンパン」「ふかしたてのパン」

そして銀座に出たときの場面。

「木村屋の店さきでは、出来たてのアンパンが陳列の硝子《ガラス》をぼおっとくもらせている。紫色のあんのはいった甘いパン、いったい、何処《どこ》のどなたさまの胃袋を満たすのだろう……」

「あんぱん」を考案したのは木村屋の初代で元藤堂藩士の木村安兵衛。パン生地を発酵させる酵母が日本で手に入らなかったため、まんじゅうを作るときの酒種を用いる工夫をした。苦労の末にできあがったあんぱんを銀座4丁目で売り出したのは明治7（1874）年師走のことだった。

岡田哲著『明治洋食事始め』はあんぱんの「人気は人気を呼び、たちまちのうちに銀座名物となり、客が殺到して行列ができた。一日に売れた木村屋のあんパンの数は、一万五〇〇〇個に達したという」と書く。

芙美子は銀座で元祖あんぱんを見ながら、金がなくて買うことができなかった。しかし別の場面では何度か買って口にしている。ともかく『仰臥漫録』の項で書いたように、主食ではなく菓子の方向を目指した日本のパンは、またたくまに日本人の生活に行き渡って今日に至っている。

「玄米パン」はいつごろ生まれたのだろうか。岡田哲著『たべもの起源事典』の「玄米パン」の項を要約する。玄米パンは煮た玄米を小麦粉に混ぜ、膨張剤で膨らませた蒸しパン。大正7（1918）年、コメ騒動が起きるほど米価が急騰したのを機に、玄米をパンに混ぜる研究が進んだ。「玄米パンのできたてホヤホヤあ」と売り歩く屋台が登場したのは同12年の関東大震災がきっかけだった。

「ロシヤパン」はパンが入った箱を二輪車にのせて売り歩くパンで、槌田満文著『明治大正風俗語典』は明治42（1909）年の東京日日新聞の記事を引用して「牛込区通寺町の大隈福三郎が北海道からロシア人エルマニー、ババイの二人を連れてきて製法の指導をさせると同時に、販売にも当たらせたのが日本人の手になるロシアパンの始まり」としている。

『放浪記』には「夜店で、ロシヤ人が油で揚げて白砂糖のついたロシヤパンを売っていた」とある。いまも見かける揚げパンに似ている。ルーツかもしれない。

さて芙美子は職業を転々とするが、その中に「カフエーの女給」というのがあった。「カフエー」は現代のカフェとは全く異なるものだった。作品からその性質をうかがわせる文章を抜き出してみる。

「酔っぱらった文学書生がキスを盗んだというので、時ちゃんが、ソーダ水でジュウジュウロをすぎながら呶鳴《どな》っていた。お上《かみ》さんは病気で二階に寝ている。何時《いつ》も女給たちの生血を吸っているからろくな事がないのよ」

「出前持ちのカンちゃんが病院へ行って帰ってこないので、時ちゃんが自転車で出前を持って行く」

「この自称飛行家は奇妙な事に支那そば一杯と、老酒《ラオチユー》いっぱいで四、五時間も駄法螺《だぼら》を吹いて一円のチップをおいて帰って行く。別に御しゅうしんの女もなさそうだ」

「私の番に五人連のトルコ人が入って来た。ビールを一ダース持って来させると順々に抜いてカンパイしてゆくあざやかな呑みぶりである」

「四、五人の職人風の男が私の番になる。カツレツ、カキフライ、焼飯、それに十何本かの酒。げろを吐いて泣くのもおれば、怒ってからむのもいる。じいっと見ていると仲々面白い。一時間ほどして女郎屋へ出征との事だ」

「ひとかどの意地の悪さでチップをかせがねばならぬ。ああ、チップとは何でしょうかね。お乞食《こじき》さんと少しも変わらない。全身全力で『ねえ』といわなければならぬ商売」

「今日はレースのかざりのあるエプロンを買う。女給さんのマークだ」

中華料理あり、洋食あり、喫茶あり。出前もした。しかしそこには着物にレースのエプロンをした「女給」がいて接客した。普通の飲食店のようでもあり、居酒屋のようでもあり、いまでいう風俗営業の店のようでもある。

「カフエー」という呼び名からコーヒーも置いていたように思えるが、私は提供していなかった気がする。作品に登場しないし、カフエーに出入りした当時の人々にとってコーヒーはなじみの薄い飲み物だったと思えるからだ。

時代を遡ってみると、コーヒーは明治の文明開化とともに入って来た。洋食の普及に従って知られるようになる。では現代の喫茶店につながる形態の店が現れたのはいつごろからだろうか。石川寛子・江原絢子編著『近現代の食文化』によれば「1886（明治19）年の『洗愁亭』の開店が最初である。ついで2年後の1888（明治21）年には『可否茶館』が開店、そして1890（明治23）年には『ダイヤモンド』とコーヒー店が次々に開店した。こうした背景には外国でのコーヒーハウスのように人々が集い、政治や世相を談笑するサロン的雰囲気が好まれたのであろう」という。学生や知識人、富裕階層向けの店だったことがうかがえる。

明治39年8月21日付の時事新報に「金の御茶釜」という記事が出ているので要約する。

「天皇、皇后両陛下は毎朝、洗面後にコーヒーを召し上がるのが定例のようになっているそうだ。かすかに漏れ伝わるところによれば、そのために一度お湯を煮たたせ、再び黄金の茶釜で沸騰させる。この茶釜は豊臣秀吉が関白のころ茶の湯に使ったものという」

秀吉云々は別にして、明治の皇室もこのころになると、朝のコーヒーを楽しんでおられたとみられる。

時の流れとともにサロン的な雰囲気を持った店が、コーヒーだけではなく酒や料理を出すようになる。「カフェー」の誕生だ。

全日本コーヒー商工組合連合会刊『日本コーヒー史』は「カフェーという名称を多くの人が知ったのはこの明治44年（1911）の3月に『プランタン』、8月に『ライオン』、そして11月に『パウリスタ』の3つのカフェーが銀座に相次いで開店したときからである」とする。

このうち「プランタン」は洋画家の松山省三の経営。「仲間が気楽に集まれて女性が酒を注いでくれる」サロンを夢見て開店した。名物は「チキンカツサンド」「クラブハウス・サンドイッチ」「ハヤシライス」「ハンバーグステーキ」「五色の酒」「コーヒー」などで、ことにコーヒーはどこよりも高く15銭だった。以上は小菅桂子著『近代日本食文化年表』から。

森銑三著『明治東京逸聞史』は明治44年8月7日付の東京朝日新聞の記事を引き「日吉町に、イタリー式の料理を食べさせるカフェー・プランターンという店が出来た。その店の主人が、文士や画家達を語らって、会社組織で拵《こしら》えたので、店の名は、『貨幣足らん足らん』ではないか、などといわれた」とする。

『日本コーヒー史』は続ける。「しかしその後、時代が大正と変わって以後、東京や大阪、名古屋の繁華街に続々と出現してきたカフェーは（中略）いずれもコーヒーよりは酒色をもって客を慰安する、コーヒーとは無縁の遊興の場に堕してしまった」

堕落かどうかはともかく、芙美子は知識人ではなく本音の庶民が集う「カフエー」の全盛期に身を置いていたわけだ。

サロン的な「カフェー」と酒色を売る「カフエー」は別物だが「女給」という呼び名は「カフエー」から生まれたのではなかった。再び『近代日本食文化年表』。

「プランタン」が開店に当たって都新聞に女性従業員募集の3行広告を出そうとした。当時の呼び名は「女ボーイ」。しかし字数があふれてしまったため、女給仕だから縮めて「女給」として広告を掲載したところ、流行語になって定着したのが始まりだという。

（作品の引用は岩波文庫）

昆布の歴史

山崎豊子『暖簾』

『暖簾《のれん》』は山崎豊子の第1作にして出世作だ。毎日新聞大阪本社学芸部にいたとき、先輩の井上靖に刺激されて小説を書き始めたという。昭和32（1957）年のことだった。翌年、『花のれん』で早くも直木賞を受賞する。

作品は日清戦争直後から昭和30年代にわたる、八田吾平・孝平父子の大阪商人苦闘物語だ。舞台は「浪花屋」という昆布を商う店で、丁稚《でっち》奉公からたたき上げで独立する吾平と、戦後の焼け跡から時勢を見極めながら再興する孝平の汗と涙を描いている。

「海から採って乾燥したままの原草昆布を酢につけ、酢を吸い上げて柔らかくなった頃合《ころあい》をみて、しわを延ばしてくるくるゲートルを巻くように巻いて一晩置くのを『巻き前』といい、昆布を削る前の大切な『下ごしらえ』だった。これを一年間」

「『下ごしらえ』した昆布を『荒削り』するのが一年間。薄い紙裁ち庖丁《ぼうちょう》に鋸《のこぎり》のように二百、目を入れた庖丁で昆布の黒い表皮をかいて『黒とろろ』をとるのが三年。芯の方の白い部分を削って『白とろろ』をとるのが二年」「かみそりのように庖丁をうすく研ぎすまして、カンナ屑《くず》のようにかいて『おぼろ昆布』を作るのが四年。一人前の昆布の加工を習い覚えるには十一年かかる」

詳しく引用したのには理由がある。関西や北陸に住んでいれば「黒とろろ」も「白とろろ」も「おぼろ」も日常目にし口にもするが、それ以外の土地の人にとってはなじみが薄い。なかなか食卓に上らないのではないか。私も大阪勤務になるまで「とろろ」と「おぼろ」の違いを知らなかった。

山崎豊子はなぜこんなに昆布に詳しかったのか。答えは簡単。山崎が生まれたのは大阪・南船場の老舗昆布店「小倉屋山本」で、3代目社長が兄だった。もちろん「浪花屋」のモデルは生家だ。だからこんなことも書けた。

「七月中旬に採れた昆布が『走り』といわれ、昆布の地をすかしてみると飴《あめ》のように透き徹った風味最高の上もの。八月一日から八月十五日までに採れたのは『中どれ』、これは地が厚く、艶がどす黒く濁っている。『後どれ』は八月中旬から九月一ぱいに採り、昆布の地肌が蛙《かえる》の背中のようにきめが粗く、味もうんと落ちて来る」

幼いころから聞き知っていたのか。そうではなくて改めて取材したとしても、相手は家族や見知った従業員だ。親切に教えてくれたことだろう。その内容を骨格にしながら展開する物語によって、私たちは昆布というものの奥深さを知り、大阪商人にとっての『暖簾』の意味を知ることができる。

欧米では基本的に海藻を食べない。だから昭和3（1928）年から英国大使夫人として8年間滞日したキャサリン・サンソムは著書『東京に暮す』で「ワカメは苦手で（中略）私にはとても食べ物とは思えません」と書いている。だが日本人は大昔から海藻、特に昆布に親しんできた。大石圭一著『昆布の道』をひもといてみよう。

同書によれば、我が国で最初に「昆布」の語を使ったのは797年にできた『続日本紀』。715年の記述に蝦夷《えみし》の須賀の君古麻比留《こまひる》が「先祖以来昆布を貢献した」という記述がある。

正倉院文書のうち760年の「小波女進物啓《おはめしんもつけい》」に「進上　米五斗五升　海藻五連　滑海藻六十村　昆布一把」とあって、昆布がほかの海藻と区別されているところから、紛れもなくいまの昆布を指していることがわかる。つまり奈良時代から一部の日本人は昆布と親しんでいた。

平安中期の『延喜式』には「昆布」が陸奥国からの税として記録されている。「陸奥国昆布六百斤、索昆布六百斤、細昆布一千斤」という具合だ。

しかも昆布は神に献上する食べ物「贄《にえ》」の位置づけであり、極めて貴重な品として扱われていた。また仏や死者を祭る供え物、天皇の食膳にのる特別な物でもあった。

教科書の一種である『庭訓往来《ていきんおうらい》』は、函館近郊の昆布を「宇賀の昆布」と紹介し「夷《えぞの》鮭《さけ》」も登場する。南北朝から室町初期になると、京の都では北海道の産物が庶民にも知られていたことを裏付けている。

そのころの輸送ルートは北海道南部から日本海沿岸を南下して敦賀や小浜で荷を降ろす。そこで荷駄に積み替えて琵琶湖北岸まで運ぶ。再び船に積み直し琵琶湖を渡って、京まで陸送した。この手間を省くルートとして登場したのが北前船の西回り航路だった。

北海道の松前から出帆し酒田や富山、敦賀などの日本海沿岸の港を経由して下関から瀬戸内に入る。最終地点は大坂。大坂から海路や陸路で各地に産物が運ばれた。

北前船の主要な荷が昆布であり、昆布はこのルートから薩摩、琉球を経て中国へと輸出される。世に言う「昆布ロード」であり、大坂がその中心にあった。

北日本と大坂や江戸を結ぶ海上ルートを開くことによって、従来の海路と陸路を組み合わせたルートより早く大量に荷が運べるようになる。

1639年、加賀藩が日本海回りで米を大坂に運ぶことに成功したのに続き、江戸の御用商人、河村瑞賢が1672年、酒田から下関経由で瀬戸内に入り大坂、江戸に至る西回り航路を確立した。北前船の活躍がこうして始まった。

千石船と呼ばれた大型帆船が北海道の松前から多くの港に寄りながら、大坂に昆布を運んできた。北前船は明治の中ごろに消えたといわれているが『暖簾』には、そのころの様子をうかがわせる描写がある。

「さっそく、翌日から旦那《だん》はんに代わって、靱永代浜《うつぼえいたいはま》へ昆布の仕入に行った。北海道から昆布を積んだ本船は安治川《あじがわ》の沖へ入り、沖から艀《はしけ》で堀江川をさかのぼり、靱永代浜に水揚げして、そこで入札がはじまる」

「徳川時代から諸国の物産の集散地として大名の蔵屋敷が棟を並べた大坂へ、正徳年間、近江商人が米、木綿類の日用品を蝦夷《えぞ》松前へ積み上り、帰途の空船に昆布を積み下って来たのが始まりで、南堀江二番町、北堀江三番町、靱北通、中通りに昆布問屋、仲買商が集まった」

蝦夷地（北海道）の開発が進むにつれて産地の違う昆布が入るようになった。現在は宗谷岬の周辺で採れる利尻昆布、知床半島太平洋岸の羅臼昆布、襟裳岬など日高地方の日高昆布、津軽海峡・内浦湾・函館周辺の真昆布、根室・釧路沿岸の長昆布などがある。作品の主人公、吾平は真昆布を商い、尾札部など函館周辺の浜に行って直接、高品質の昆布を買い付けた。

『昆布の道』は昆布の食べ方の類型を挙げる。昆布の出しを取るが食べない北海道型、昆布出しのほかとろろ、おぼろも食べる北陸型、それにつくだ煮が加わる大阪型、出しを取らずに煮て食べる西海型などだ。沖縄でも長昆布を煮て食べる。クーブイリチーが代表料理だ。

奥井隆著『昆布と日本人』を借りれば「羅臼昆布は、富山で最も多く消費される」「京料理のはんなりとした味わいを利尻昆布のだしが引き出すことに力を発揮したことから、今では京料理には欠かせない」「東京では日高昆布が一番なじみのある昆布です」。

このように土地によって昆布の種類、使い方の違いがある。東京で日高昆布が最もなじみがあるのは「関西に集荷される昆布のなかで毎年売れ残ることが多いため、結局『下り荷』として江戸に運ばれていたことに由来しているようです」と書く。

作中、吾平を継いだ息子の孝平は戦後の再興が軌道に乗ってから、東京進出を思い立った。しかしそのとき「昔から大阪の昆布、東京の海苔《のり》いうやないか」と反対される。

なぜ、東京で昆布文化が根付かなかったのだろうか。国立国会図書館がインターネット上で公開している「本の万華鏡」は江戸にいい昆布が行かなかったことに加え「硬度が低い関西の水は昆布だしを引き出すのに適していますが、硬度が高い関東の水は関西に比べ昆布だしが出にくいといわれています。そのため、濃い『だし』を取るために、関東では鰹節《かつおぶし》が主に使われるようになったとされています」と解説している。

孝平が東京進出の切り札にしたのが塩昆布だった。大阪では昆布を出しに使うとともに、とろろ、おぼろなどに加工して付加価値をつけた。塩昆布やつくだ煮もその一つだが、どちらも大量の醤油を使う。江戸時代から醤油産地が近かった大阪ならではのものだ。

ところで『昆布と日本人』は「薩摩藩と越中の薬売りの販売ルート」という一項を設けている。なぜ薩摩藩、富山の売薬商なのか。

借金にあえいでいた薩摩藩は財政立て直しのために琉球を通じた昆布の「抜け荷」、つまり密貿易を計画する。中国の内陸部では甲状腺の病気の薬としてヨードを含む昆布が珍重され、それまでも朝貢関係があった琉球から昆布を輸入していた。薩摩藩は輸出額を飛躍的に増やすため、富山の売薬商に北陸で昆布を買わせて、薩摩に送らせようというのだった。

薩摩藩は幕府の目を逃れながら富山から回送された昆布を琉球―中国（当時は清）へ輸出し、逆に中国から貴重な漢方薬の材料を輸入して富山の売薬商に売ったという。

同書は「密貿易の主役は、常に昆布であり、周益湘著『道光（1821）以後中琉貿易統計』によると積み荷の86％が昆布で、多いときには94％が昆布だったそうです」「表舞台には決して登場しないこの『昆布貿易』で、薩摩藩は藩財政のピンチを切り抜け」「昆布で得た莫大な利益が、倒幕資金となったのです」と書く。

薩摩藩が昆布に目をつけなかったならば、幕府を倒すほどの莫大な資金は手に入らなかっただろうから、明治維新は起きなかったかもしれない。起きても違った形になっていたのではないか。昆布恐るべし。

（作品の引用は新潮文庫）

獅子文六『てんやわんや』

煮干し出し

この作品は戦後間もない時代にユーモア小説として人気を呼んだ。29歳の雑誌記者、犬丸順吉（ドッグさん）、同じ会社の社員だった花輪兵子（花兵）ら個性的な面々が、てんやわんやの騒ぎを起こす。

ドッグさんは戦中、情報局に勤めていたことから戦犯になることを恐れ「宇和島市から四里ほどの距離にあるという」「伊予国和比古郡相生町」に逃れる。平松洋子氏の文庫版解説によると文六先生自身が「著述家の公職追放仮指定のリストに挙げられて訴追されるかもしれないという憂慮を抱えていた」せいか、ユーモアの中にもわずかな陰りのようなものがにじんでいる。

先生は昭和20（1945）年12月、妻子を連れて妻の実家がある愛媛県宇和島市津島町に生活の場を移し、そこが作品の舞台になった。

小説の中に、そのときの道中を思わせる文章がある。

「動き出した車中から、四国見物をする気持になった。農家の屋根が、悉《ことごと》く瓦葺《かわらぶ》きであることと、畑や道の土が真っ黄色であることを、珍しく思った。丸亀、多度津《たどつ》――後は松山まで、名も知らぬ駅ばかり、瀬戸内海に沿って、景色のいい場所もあったが、大体、単調である」

「暗くなって、八幡浜という駅。ここで、また乗換えねばならぬ。今度は玩具《おもちゃ》のような小さな客車。ひどく汚い。終点の宇和島が私の下車駅であるから、安心してウトウト眠る。時々、眼が覚めると、いつもトンネルの中である」

作中、様々な出来事があってドッグさんは長者の食客となる。時代は終戦直後。大都市でなくともヤミ市場はあったたし、取引に関わる人間もいた。宇和島で友人となった越智もその一人だった。越智は「一日百円の利益があったら、飯が食えるよって、それ以上のヤミは、絶対に手を出しまへん。それじゃけに、巡査も、わしのヤミは、知っても堪《こら》えてくれなはる。（中略）早よ言うたら、公認のヤミじゃけん、こがい安全なヤミがありますかいの」と胸を張る。

ヤミ業者と警察のいたちごっこが続き、違法と知りながらもヤミ物資がなかったら生活できない時期を経験していた都会の読者たちは、この辺りでにやりとしたことだろう。

ある日、ドッグさんと越智たちは町から16キロも離れた山間の村を訪ねることになった。「越智は、手製の不細工なリュックの中へ、煮干鰯《にぼしいわし》の大きな袋や、米や、その他の品物」を詰め込んだ。「イリコ（煮干鰯）など、持っていって、山の中で、ヤミをやるのですか」と問うドッグさんに、越智は「山の人の土産には、イリコが一番喜ばれるけんの」と答える。横浜生まれで直前まで湯河原に住んでいた文六先生は、四国に来て初めて煮干しと対面したのだろうか。「イリコと称する煮干鰯」などという書きぶりに、多少の驚きが感じられる。

煮干しのことを書く前に、作中で気になった部分があったので、少し脇道にそれる。ドッグさん一行がはるばる訪ねた村で歓待を受ける場面にこんな描写がある。

「盃に満たされた酒は、氷のように冷たく、透明だった。

『なんの酒ですか』

私は、灼《や》くような舌触りに、驚いた。

『泡盛だすらい。ここでは、粟《あわ》が仰山とれますけんの……』

琉球の泡盛も、近頃は、米を用いるというのに、これは、真のアワモリらしく、いかにも強烈で、私は盃を口に運ぶのを、控え目にした」

現代の琉球泡盛はタイ米を黒麹《こうじ》で発酵させ、単式蒸留してこしらえる。粟を原料にした時代がなかったわけではない。だが沖縄県酒造組合のホームページにある「泡盛百科」は「大正13年に書かれた『琉球泡盛に就いて』（田中愛穂著）によると、大正末期には粟を混ぜた泡盛はほとんどなく、原料はお米だけを使っていたことが記されています」とする。泡盛の原料が米になったのは大正13（1924）年以前のことであって「近頃」ではないし、粟で作ったら泡盛になるわけでもない。ドッグさんが飲んだのは泡盛ではなく粟焼酎であったろう。

煮干しに話を戻そう。九州生まれの私は煮干しで育った。母が作るライスカレーの出しは煮干し。味噌汁には出しを取った煮干しがそのまま入っていた。

山間に住む人々にとって煮干しは出しを取るものであると同時に、重要なたんぱく・カルシウム源だったろうから、お土産に一番喜ばれたのもわかる。

出しというと昆布、かつお節を思い浮かべる人が大多数だろう。山口静子監修『うま味の文化・UMAMIの科学』の「うま味の利用と歴史」の項は「『だし』は普通、かつお節、干し昆布、干しシイタケなど、主として乾燥した動物や植物から得られる、多目的のスープストック」と書くが、煮干しは出てこない。

国立国会図書館がネット上に公開している「本の万華鏡」のうち「日本のだし文化とうま味の発見」を見てみよう。かつおや昆布のことが書いてあって、その後でようやく「煮干し」が登場する。

要約すると、煮干しに関する古代・中世の記録はほとんどない。中世末期から江戸初期にかけて煮干し鰯は肥料として利用されていた。18世紀以降、西日本を中心に煮干しがかつお節の代用品として利用されるようになったと考えられている。東日本で利用されるようになったのは明治になってかららしい。「煮干しだしの記録が見られないのは、いわしは大量に獲れたことから、古代から下等な魚として貶《おとし》められてきたことが一因」という。

熊倉功夫・伏木亨監修『だしとは何か』は「煮干しだし」に一項を割いている。その歴史については「本の万華鏡」とほぼ同じだが「関東での煮干し生産が本格化するのは、明治30年代以降である」とする。そして「現在煮干しは、もっぱらだし材料として利用されている。しかし、高度経済成長期以前までは、煮干しは貴重なタンパク資源の一つであった。みそ汁を作るときに必ずしも煮干しでだしを取らないし、煮物や汁に煮干しを用いた場合には、そのまま一緒に食べていた」。

味噌汁は味噌のうま味があるので、煮干しは用いなくてもよく、うま味が出る魚介や肉類が入る汁ものも同様。野菜や穀類、芋類が主役のときには煮干しで出しを取った。

　煮干し出しは西日本のものだが、どの辺りで多く利用されているのか。味の素食の文化センターが発行している季刊誌「ｖｅｓｔａ」61巻（２００６年）は、同社が平成17（２００５）年に実施した「日本全国『みそ汁の作り方調査』」の結果を載せている。「最も好きな風味が二位よりも一〇％以上高スコア」という基準で分類したところ「煮干し・いりこ風味」がトップになったのは熊本、長崎を除く九州５県と山口、広島、島根、愛媛の各県だった。文六先生は、まさに煮干し・いりこ風味県のど真ん中に飛び込んだわけだ。

　松山市で名物の鍋焼きうどんを食べた折、店主に出しの材料を聞くと「いりこ、昆布」という答えだった。かつお節は用いない。香川県は煮干し・いりこ風味県という分類になっていないが、さぬきうどんの出しの基本は煮干し。それなしで、あの味は生まれない。

『だしとは何か』に、煮干しのカルシウム量は１００グラム当たり２２００ミリグラム、牛乳は同１１０ミリグラムというデータがある。実に20倍だ。もっと見直されていいのではないか。


（作品の引用はちくま文庫）

納豆

赤瀬川原平『ごちそう探検隊』

赤瀬川さんのエッセーは、何かの主張があるわけでもないのに初めから最後まであっという間に読ませ、読後はいつも微笑。この作品も食べ物について言いたいことがあるのかないのか、迷走しているようで、最終的にちゃんと着地する筆のさえを見せる。

「幻の納豆ご飯」の章。

「むかしはその流通機構のオートフォーカスであるスーパーというものがなかったのだ。食品というのはそれを生産している現地に近いところでないと食べられなかった」

「とにかくそういう具合で『在来商法』の時代の九州に納豆はなかったし、それから本州でも関西から西にはなかったと思う」

「おそらく納豆民族というのは関東から北に棲息《せいそく》しているのではないだろうか」

昭和12（1937）年生まれの赤瀬川さんは、子どものころ大分市に住んでいた。「九州に納豆はなかった」というのは、当時の記憶だろう。だが、その時代のずっと前から、九州には納豆があった。そのことは納豆の発祥説に深く関わっている。

全国納豆協同組合連合会刊『納豆沿革史』によれば、奈良時代の753年、唐から辛苦の末に日本にやって来た鑑真和上が『豉《し》』を伝えた。豉は「唐納豆」「塩辛納豆」となって寺に入っていく。

材料は大豆1、麦粉1、塩0・3の割合。麦粉を使って煮豆の水分を吸収し、塩で納豆菌の繁殖を防ぎながら、麹で発酵させたものだ。いまでも大徳寺納豆、浜納豆などの形で残っている。

このような納豆は糸引き納豆ではないが、寺の台所「納所」で作られた。納豆の納は納所の納であることが、元禄期に書かれた『本朝食鑑』に載っている。

では糸引き納豆はいつごろ、どこで生まれたのか。これがよくわからない。『納豆沿革史』が紹介している糸引き納豆発生に関わる伝承は全国に及んでいる。

7世紀初頭、滋賀県湖東町（現東近江市）で仏像を完成させた聖徳太子が、馬に食べさせた煮豆の残りを藁苞《わらつと》に包んで木の枝につるしていたら糸引き納豆ができた。これが「聖徳太子の笑堂《わらどう》納豆説」だ。

南北朝期、諸国行脚の末に丹波山国郷の常照皇寺に入られた光厳法皇に同情した村人が、藁苞に入れた煮豆を差し上げた。日がたつにつれ豆は糸を引き、塩を振るとおいしかった。これが法皇様の糸引き納豆として評判になった。

ほかにも様々な説があるのだが、最も有名なのが八幡太郎（源）義家説だ。

①永承6（1051）年、前九年の役で義家軍が、衣川関（岩手県平泉付近）に立てこもった安倍一族から夜襲を受けた。馬の飼料である煮豆を俵に詰め馬上にくくりつけて奮戦数日。俵を開くと納豆になっていた。

②義家が必勝祈願のため宮城県岩出山（現大崎市）に八幡神を勧請《かんじょう》したところ、土地の人に納豆を出され、その美味に感服した。

③敵将、安倍貞任《さだとう》は殺され、宗任《むねとう》は捕虜になって九州・太宰府に流された。宗任はそこで納豆を含む奥州文化を広めた結果、日田や熊本に宗任の納豆説話が残っている。

④永保3（1083）年に起こった後三年の役に際して、奥州出兵の途中、常陸で宿営した義家が、藁の上で変色している煮豆を食べてみたらうまかった。陣中の保存食になるかもしれないと考えて部下に研究させた。

⑤義家軍は金沢柵（秋田県横手市）に立てこもった清原家衡《いえひら》と対峙していた。村人に馬糧を差し出すよう命じると、煮豆をカマスに詰めて持ってきた。これを小屋に積んで

いたら糸引き納豆ができた。

⑥義家軍には京の山間部から多くの将兵が参加していた。戦役後、帰郷した人々が奥州の納豆を地元に伝えた。

当時の馬の飼料は煮た大豆と切り藁だった。軍馬であれ農耕馬であれ、馬がいるところに煮豆、納豆菌が付着した藁という納豆作りに必要な2つのものが存在する。軍馬の産地は山間部。大豆の産地と重なる。そして義家軍が移動した岩出山、横手、水戸、京都といったところは古くからの納豆産地で、説話が無根と言えない理由になっている。

熊本には「コルマメ」と呼ばれる古い納豆が伝わっている。こちらは熊本城主、加藤清正が文禄の役の戦場で、馬用の煮豆を干して味噌を詰めていた俵に入れていたところ、糸引き納豆ができたという説話が残る。熊本には自家製納豆の歴史があり、残った納豆は乾燥して保存した。干しコルマメだ。納豆を天日干しし、塩をして再び天日で乾燥させる。

熊本県広報課がインターネット上に公開している「熊本雑学辞典」は「熊本県はなぜか納豆文化の飛び地として、その消費量は年間1人あたり約40パックと東京並みです」と書いている。

赤瀬川さんの「幻の納豆ご飯」に主題があるとすれば納豆の粘りだろう。

「べたついてしまったのを何とか後始末しないといけないわけで、それが面倒なばかりにせっかくの納豆のおいしさを事前に諦めてしまう、というのが管理社会に生きる現代人の情けない点であるのかどうか、今回はひとつその辺を考えてみよう」

町田忍著『納豆大全』によると「温度や湿度で増殖した納豆菌が、タンパク質をエサとして増え続け、グルタミン酸に変化させた結果が、あの独特のネバネバとなっていく」のだそうだ。

日本人が盛んに納豆を食べるようになったのは江戸時代以降とされる。『納豆沿革史』は書く。

「『ナット、ナットォーッ!!』威勢のいい、あの売り声は、江戸時代からはじまっている。(中略)江戸ッ子の朝食には、味噌汁、おしんことともに、なくてはならないものになっていた。当時の川柳や文献などによると、毎朝のように食べている」。納豆売りが早朝から江戸の町を売り歩き、人々はそれを買って朝のおかずにした。

『納豆大全』がこんな句を挙げている。「毒断の枕に響く納豆かな」。枕に響くのは納豆汁にするため、買った粒納豆を包丁で刻む音だ。

当時の主流はザル納豆。ザルに藁を敷き、煮豆を広げて藁で覆う。それを室に一晩置いてこしらえた。一晩でできることから一夜納豆とも呼ばれた。売り子はそのザルを持って量り売りした。

渡辺善次郎著『巨大都市江戸が和食をつくった』は天保4（1833）年の瀬川如皐著『世のすがた』を引いている。「文政の頃までは、たたき納豆とて、三角に切り、豆腐、菜まで細かに切りて、直に煮立るばかりに作り、薬味まで取り揃《そろ》え、一人前八文づつに売りしが、天保に至りてはたたき納豆追々やみて、粒納豆計《ばか》り売り来る」。初期には「直に煮立るばかり」の即席納豆汁の素のような商品があったことがわかる。

『納豆大全』は「町売りの納豆の出現は、京都だという説がある」とした上で「江戸時代も末期になると、京の町に豆腐屋納豆が出てくる。天秤棒《てんびんぼう》で豆腐と納豆を担ぎ、朝晩売り歩いたのである。また、扇型の藁苞に詰めた納豆を近江方面から行商にくる人が、大正の末ころまであったという」としている。江戸だけでなく京の都でも日々納豆が食べられていたわけだ。

『納豆沿革史』に戻る。明治になると衛生上問題があるザル納豆が下火になり、藁苞納豆が主流になる。生産も次第に大がかりになっていくのだが、弾みを付けたのは学者による研究だった。

東京帝国大学の沢村真博士の手で納豆菌が発見されたのは明治38（1905）年のことで「バチラス・ナットー・サワムラ」と命名された。続いて北海道帝国大学の半沢洵博士は納豆菌の純粋培養に成功し、大正8（1919）年、「納豆容器改良会」を設立して「培養菌と改良容器を使用する製法を提唱した」。

雑菌などの心配が残る藁を用いないで納豆をつくるにはどうしたらいいのか。培養した納豆菌を使えばいい。経木や折り箱に詰めて売ればいい。同10年に「仙台の三浦二郎氏が（中略）堆肥から立ち昇る湯気からヒントを得て、文化室を造る。天井に換気用の窓をとりつけた、画期的なものであった」。培養菌、衛生容器、文化室。この3者がそろうことによって大量生産、大量販売が可能になった。

納豆の代名詞のようになっている「水戸納豆」は案外新しい。水戸でも古くから納豆は作られてはいたが、自家消費が中心で、大量生産の技術はなかった。そこに笹沼清左衛門という人物が現れる。納豆の商品化のために仙台で技術を習得し、技術者を伴って水戸に戻る。そして水戸に鉄道が開通した明治22年、藁苞で包んだ「天狗納豆」を売り出した。

水戸駅前に土産用の納豆を山と積んだリヤカーが並び、乗降客が争うように買い求めた。売り子は近在の子どもたち。昭和11（1936）年に鉄道弘済会との契約が成ってホームでの本格的な販売が始まった。水戸の納豆は、鉄道の旅客を相手にしたお土産として知名度が上がったのだ。

水戸市民は全国有数の納豆好きなのだが、茨城県がまとめた平成26（２０１４）年の統計では、水戸市の1世帯当たりの購入額は５４２４円で全国平均の１・６倍だったものの、福島市のそれを95円下回った。納豆消費は東北が最も多く、北海道、北陸、関東が続く。九州は東海と並び、かなり納豆を食べる。最も納豆が苦手なのは沖縄県。近畿も東北の半分以下という結果になった。

ところで赤瀬川さんは、大人になって納豆を食べ慣れた結果、「納豆ご飯はできるだけべたつかせて食べることにしたのである」。一件落着。

（作品の引用はちくま文庫）

食品サンプル

永井荷風『濹東綺譚』

先に取り上げた『ロッパの悲食記』で著者の古川緑波は、東京の牛鍋が関西のすき焼きに名称、料理法とも取って代わられたのは関東大震災後のことではなかったか、と書いていた。牛鍋に限らず、震災で東京の食の風景と風俗は大きな変化を見せる。いまほど人の移動が激しくなかった時代、東西食文化の交流という意味で関東大震災は大きな契機となった。

東京の象徴だった銀座も壊滅的な打撃を受けて、見渡す限り焼け跡が広がり、無人の街となった。その中で「復興の魁《さきがけ》は料理にあり　滋養第一の料理ははち巻にある」という手書きの看板を掲げ、たった1軒で開業した店があった。現存する「はち巻岡田」だ。その様子は水上滝太郎著『銀座復興』に詳しく描かれている。

しかしそれは「孤軍奮闘」であって、空白地帯となった銀座には、各地から様々な店が進出してきた。『濹東綺譚《ぼくとうきたん》』に添えられた「作後贅言《ぜいげん》」はこう書く。

「銀座の町がわずか三四年見ない間にすっかり変った、其景況《そのけいきょう》の大略を知ることができた。震災前《ぜん》表通に在《あ》った商店で、もとの処に同じ業をつづけているものは数えるほどで、今は悉《ことごと》く関西もしくは九州から来た人の経営に任《ゆだ》ねられた。裏通の到《いた》る処に海豚《ふぐ》汁や関西料理の看板がかけられ、横町の角々に屋台店の多くなったのも怪しむには当らない」

震災を機に、怒とうのように西日本の食文化が押し寄せてきた様子がわかる。そんな流れの中で牛鍋はすき焼きにその座を譲り、東京人にはなじみが薄かったフグ料理も根付いていったのだろう。

さらに描写は続く。

「飲食店の硝子《ガラス》窓に飲食物の模型を並べ、之《これ》に価格をつけて置くようになったのも、蓋《けだ》し已《や》むことを得ざる結果で、これまた其範《そのはん》を大阪に則《と》ったものだという事である」

食品サンプルのことを言っている。しかしこれが大阪で考案され、震災後の東京に進出したというのは違うようだ。

私はかつて食品サンプルの歴史を調べ『眼で食べる日本人　食品サンプルはこうして生まれた』という本にまとめた。食品サンプルに関する論文や記録が見当たらない中、かすかな情報を頼りに関係者に会い、資料を入手し、京都の西尾惣次郎、東京の須藤勉、大阪の岩崎瀧三の３人が食品サンプル草創期を支えたことを知った。

大正から昭和にかけて誕生した日本の中産階級が外食をするようになった時期に、３次元のメニューとして広がった。色や形、盛りつけ例などを視覚化することによって、文字よりはるかに多くの情報を伝えることができる日本生まれのメディアだ。

遅くとも大正６（１９１７）年に「食品模型」を作ったことが資料で確認できるのは西尾であり、それは衛生試験所などに陳列する「保健食」だった。街中の飲食店に置くものではないが、確かに料理の模型を作っている。これが飲食店主の目にとまらないはずはなく、事実、岩崎瀧三の思い出を聞き書きした『蠟の花』には、昭和初年に京都から大阪へ運ばれてきたと思われる食品サンプルに関する記述がある。

では荷風先生が見た銀座の食品サンプルは誰が作ったのか。京都の西尾の手になったものが、はるばる東京までやってきたのだろうか。

東京にはかつて白木屋という百貨店があった。明治、大正期には三越と並ぶ老舗だったが、戦後、東急電鉄に経営権が移り東急百貨店日本橋店となった。しかし平成のバブル経済崩壊後に閉店し、いまはない。

ただ『白木屋三百年史』という社史は店がなくなってからも書き継がれ、いまに残っている。その関東大震災直後の模様を記述した部分を読む。

震災当時、白木屋呉服店日本橋本店といった百貨店は震災に耐えたが、夜になって燃え広がる火災で焼失した。仮店舗で営業を再開したのが２カ月後の同12年11月１日のことだった。

「食堂の飲食物見本陳列　復興後、茅場町寄りに二階建の食堂がつくられた時のことである。白木屋ではじめて飲食物見本陳列を行つた。（中略）前記食堂の面積は五十余坪であつた。焼失前の八分の一となり手狭のため、階段の踊り場は殊に混雑する。（中略）踊り場に食品ケースを備えつけ、それには、その日の販売食品全部の見本と値段を添付して、食品切符を入り口で現金販売して食券を渡すという、現在どこでも採用している方法を開始した」

食券制度は白木屋の支配人が海外百貨店視察で得た知識が基になっているが、食品サンプルとの併用は独自の知恵だった。その結果、「食堂の売上げは従来の四倍になり、食堂の回転が非常に早いばかりでなく、時間の節約にもなり勘定も間違わないようになつた」。

「ＢＬＣ（ベター・リビング・サークル）１９６３№５」という冊子に「――この道――『食べたい色』に五十年　ろう模型の須藤勉さん」というインタビュー記事が収録されている。

須藤さんは「ろう細工の技術が身につくと、皮膚病だとか、人体の内臓だとか気味の悪いものばかり造っていることに厭気《いやけ》がさして、こっそり野菜や果実を造ってみたりした」。そんな須藤さんのところにあるデパートの食堂係だった友人が相談をもちかけてきた。「ろうで模型はできないだろうか」「須藤さんは手はじめにマグロの刺身をつくってみた。成功だった。マグロの刺身がどんどん売れデパートはさっそく他のものを注文してきた」

白木屋の社史の記述と併せて読んでいただきたい。時期や場所からすると白木屋の食堂に食品サンプルを提供したのは須藤さんに間違いなかろう。

『白木屋三百年史』は「これを見習つて松坂屋、高島屋と、漸次この白木屋の方法を採用するようになつたのであるが、やがて五、六年後には、東京市中一般に普及するようになつた」と誇らしげに書いている。

震災後の銀座に関西や九州から新しい料理が進出してくるが、東京人にとっては未知の食べ物だ。例えば牛鍋しか知らず、フグを食べたことがない東京の住人に「すき焼き」や「てっさ」「フグ鍋」を食べてもらいたいなら、文字で書くより食品サンプルの方が簡単であり直接的だ。そんな事情も焦土と化した銀座に、白木屋生まれの食品サンプルが広まった理由ではないか。

銀座の飲食店の店頭に食品サンプルがあふれる光景を見て、荷風が料理と一緒に関西発祥のものが東京にやってきたのだと思ったのも無理はないが、実は東京生まれだった。
大阪の岩崎瀧三が独自の発想と技術で食品サンプルの製造・販売という、現在につながるビジネスモデルを構築し始めるのは昭和7（1932）年のことだ。

（作品の引用は新潮文庫）

蜜柑の起源

有吉佐和子『有田川』

有田川は高野山に源を発し、和歌山県北部を西に流れて紀伊水道に注ぐ。全長67キロと短いが、その両岸は昔から蜜柑《みかん》の産地として名高い。

ただいつもは穏やかな水面《みなも》を見せているこの川は、一旦豪雨に見舞われれば猛り狂って暴れ川になり、明治22（1889）年には未曽有の被害をもたらした。

作品の主人公、千代はその年の水害で、上流から桐《きり》のたんすに入れられて流されてきた。子に恵まれなかった御霊《ごりょう》の山持ちの娘として大切に育てられる。そして12歳になった千代は再び水害にのまれ、下流の滝川原で命を拾う。やがて河口の簑島に住む「蜜柑士」と結婚するのだが、作者は千代にこう言わせる。

「私はこの川に流されて、川上から御霊へ、そして滝川原へと流れついた者だ。それから河口の簑島町へ嫁いだのは流れに従ったような気さえする。考えてみれば人間は誰でも川に流されて生きているのではないだろうか」

この感慨をさらさらと筆にしたとき、作者わずかに32歳。構成の大きさ、人間や情景描写のこまやかさ、中でも習俗の取り入れ方は秀逸だ。

「この辺りの握り飯は小さく俵型に握るのが習いであった」「麦混りの握り飯は、俵型をしていて」と、東日本の三角、西日本の俵型という類型を書き留めている。おせち料理の「じゃら豆」、年取り魚のブリも正確に描写される。

紀州は古い形の「なれずし」を残す地なのだが、作者は千代に「暖竹《あせ》の葉を巻きしめて数日押しをかけた」アユのなれずしを食べさせる。

有吉の代表作には紀州を舞台にした女性の年代記が多いが、和歌山は母の故郷であって、自身はごく短期間しか住んでいない。にもかかわらず作品の細部まで手堅いのは、綿密な取材のたまものだ。

千代は川上から河口まで流されながら、終生を蜜柑づくりにささげる。千代が生きた有田川の両岸こそ有田蜜柑のふるさとだ。

有田川の岸辺の壮観。「正面に連なる山々も、石垣で幾重にも横段のついた蜜柑畑であった。明るい黄金色が陽光に照り映えて」「蜜柑の粒が大きいのか、実が充分な陽光を吸って赤く色づいているためか、川を距《へだ》てて遠くから見てさえ、それは正しく全山に黄金吹くかとも見紛《みまご》うほどの見事さだった」

蜜柑の栽培はいまと違ってすべてが手作業だった。当時の施肥の様子を作者はこう書く。「鍬《くわ》を使ってせっせと根元を中心に丸く輪の形に土を起こし」「夏から秋の施肥は輪肥《わごえ》にする」。肥料はニシン。それは根気のいる力仕事だった。

蜜柑には投機商品の一面もあった。千代の夫となる蜜柑士の川守貫太の仕事は「収穫時の蜜柑を貫目で買うのでなく、花の落ちた後で一山いくらと山をかけて買う」。だから翌年が不作なら大損。豊作なら大もうけ。「男がかいしょかけた仕事」だった。

蜜柑などのかんきつ類や柿、桃、梅、サクランボといった果樹には「自然落果」という現象がある。花が散った後にできる若い実が、自然に落ちることを言う。実が多すぎると樹に栄養が行き渡らなくなるため、樹自らが適正な量の実がなるよう調節するのだ。千代はその不思議さに毎年感動を覚えた。

「落ちた実は一々屈《こご》んで拾いとった。掌《てのひら》の上で赤ン坊をあやすように転がしてから、叮嚀《ていねい》に腰に下げた籠にしまいこむ。夏落ちの実は乾燥したものを球子呂《きゆうころ》といって、陳皮《ちんぴ》と同じように薬種問屋から『ボテ振り』と呼ばれる小商人が買いにくるのである」

「落果するのは生命力が弱いからではなく、心根が優しくてしかも大勢を見通す賢さがあるからだと千代は思っていた。だから球子呂になるような蜜柑は涙ぐましいほど賢い実なのだ」

　自分が育てる蜜柑の樹一本一本に名前をつけた千代。樹にも実にも命を見続けた千代の優しさがあふれる文章ではないか。

　ではいつごろから、どんな事情で有田は蜜柑の産地になったのか。和歌山大学経済研究所が発行する「経済理論」の292号（1999年11月）に御前明良《みさきあきら》氏による「紀州有田みかんの起源と発達史」という論文が収められている。

　論文は『日本書紀』にまで遡《さかのぼ》って日本の蜜柑のルーツを考察する。そして諸史料の中から浮かび上がるのが「糸我庄《いとが》の伊藤孫右衛門」という人物だ。例えば『南紀徳川史』は「有田蜜柑は孫右衛門が天正2（1574）年に熊本の八代から移植したことに始まる」とし、『紀伊国名所図会』も「天正年中、肥後国八代より小樹を得て糸鹿荘《いとが》に植えたりしに勝《すぐ》れて気味甘美なれば、近郷の村々にも相競ひて接樹せしとぞ」とある。

　にもかかわらず『糸我社由緒書』に収められた室町中期の和歌に「糸鹿の山に生ふるたちばな」とあることから、御前氏は「有田でのみかんの起源は、伊藤孫右衛門による天正2年ではなく、もっと古くからということになる」としている。

結論は「孫右衛門は有田のみかん以上に味のよかった八代の『小みかん』を苦労して入手、在来からある糸我のみかんに接ぎ木をしたのであろう」。その結果、「有田みかんは江戸時代後期の温州みかんの普及まで天下を風靡《ふうび》する」。

作品に糸我という地名が何度となく登場する。幼い千代をかわいがった老人は、近隣で温州みかんへの転換が始まっても「小蜜柑は本蜜柑とも云《い》うんですら」と伝来の小蜜柑について語る。

つまり作者は、有田の蜜柑発生史を踏まえつつ、それが産声をあげた地名をさりげなく織り込んでいるのだ。そして栽培法の変遷から品種の変化、出荷方法の移り変わりまでを様々な場面に登場させる。有田川の流れは千代の人生そのものであったが、同時に有田蜜柑の歴史という時の流れでもあった。

さて現代では蜜柑というと温州蜜柑のことを指すが、温州という地名を思わせる名前がなぜ付いたのだろうか。中国・浙江省の東南部に温州市がある。陳舜臣著『鄭成功』の一節。「温州は現在の温州市で、むかしから蜜柑の産地として有名である。日本の蜜柑はこのあたりの種を移したもので、いまでも〝温州みかん〟と呼ばれている」

本当だろうか。先に紹介した御前論文に言及がある。

「温州みかんは中国からの輸入という説もあるが、学者間での統一見解を説明しておきたい。温州みかんの産地問題についての第一の研究者は田中長三郎博士である。博士は中国各地を実地調査され、中国には『温州みかん』が存在しないことを自著の『柑橘の研究』で発表している」

次に『鹿児島県戦後柑橘農業史』を引用して「田中博士は永年にわたる調査から『温州みかん』は鹿児島県出水郡長島が原産地である。中国浙江省や黄岩県から伝来していた『早桔』か『慢桔』または『天台山桔』類のミカンが長島で『偶発実生』したもので、時期は《江戸初期》のころ発現したものであろうと結論された」。

「最近に至って農林水産省果樹試験場カンキツ部でのＤＮＡ鑑定では『クネンボ（九年母）』に遺伝子が似ているという研究がある」

「名付けた当時の人たちは、自分たちのミカンの多くが中国浙江省の温州地方から入ってきている。今回発見されたミカンも温州地方からのミカンのお陰である。そこでミカンの産地で名高い『温州』の名前が冠せられたのではなかろうか。だから紛らわしいが、温州みかんは必ずしも『原産地』を意味するものではない」

（作品の引用は講談社文芸文庫）

田山花袋『田舎教師』

天然氷か人工氷か

作品の時代は明治34（1901）年からの3年間。日露戦争の遼陽会戦での勝利を祝う声の中で、主人公の林清三は病死する。「田舎」というのは埼玉県の熊谷、羽生辺りだ。この作品を再読していてビールを飲む場面が多いことに気がついた。

キリンビール編『ビールと日本人』などによると早くも維新から間もない同3年に横浜で外国人による「スプリング・バーレー・ブルワリー」がビール製造を開始。19年にはビールの普及に刺激されて各地に醸造所ができ、21年になると横浜の「ジャパン・ブルワリー」が「麒麟《きりん》ビール」を製造する。

23年、サッポロビールの前身である「日本麦酒醸造会社」が「恵比寿ビール」を売り出した。大阪麦酒会社が「アサヒビール」を発売したのは25年のことだった。

28年9月の時事新報が「僻遠《へきえん》なる片田舎にてもヱビス、キリン等のビールを持ち合せざる酒店なし」と書いているところを見ると、急速に全国に浸透したらしい。

だから日露戦争のころの「田舎教師」たちがビールを酌み交わしても不思議ではないのだが、冷蔵庫がない時代だ。冷やすとすればどうやって冷やしたのだろう。作品にヒントがある。

「校長は自分のに満々と注《つ》いだ。泡が山を為《な》して溢《あふ》れ懸るので、狼狽《あわ》て口をつけて吸った」「娘が其処《そこ》にブッカキを丼に入れて持って来た。皆が一つずつ手でつまんで麦酒の中に入れる」

ビール瓶を井戸水や流水で冷やしたのだろうが、そうでない場合は氷を入れるという方法も用いられていたわけだ。

だが本題はビールではない。その氷はどんな氷だったのかが気になって仕方がない。天然の氷か人工の氷か。

石井研堂著『明治事物起原』は「氷水屋の始」の項で「横浜の開港間もなく、米人が合衆国ボストンより氷を輸入して大利を占めしことあり。それを見て氷に着眼したるは、中川嘉兵衛といふ者なりし」と書いている。「夏に氷」は庶民にとって夢のようなことだった。そこに商機があると嘉兵衛は読んだ。

ニチレイのホームページにある「氷と暮らしの物語」によれば、この輸入氷ははるばるボストンから船で運ばれた天然氷で「ボストン氷」として高値で取引された。これを見た横浜の嘉兵衛は文久元（1861）年以降、富士山麓、諏訪湖、日光、青森などで採氷したものの、運搬の途中で解けて失敗した。

しかし諦めずに函館・五稜郭で採氷し、500トンを京浜地区に運ぶことに成功した。明治2（1869）年のことで「函館氷」と名付けて発売した。ボストン氷より安かったことから市場を席巻する。

かき氷やブッカキ氷のようにして食べたほか、普及し始めた牛肉や牛乳の保存にも使われた。

森銑三著『明治東京逸聞史』は同14年4月27日の「花月新誌」に掲載された「小西湖佳話」を収録している。要約すると、上野広小路の夜店の氷屋は店先に「函館氷」と高く掲げ、明るい照明の下で「氷氷」と叫んでいる。夏に氷を売る店が冬に焼き芋を売るのが定石のようになっているし、牛肉や豚肉を商う店の多くが夏場に保存用の氷を売っている。

私が子どものころ、近所の駄菓子屋は夏にかき氷、冬には焼き芋を売っていた。そんな二毛作的商売の原形が氷を介して生まれたわけだ。

関西でも動きがあった。京都の山田啓助は同12年に神戸で氷の販売を始め「龍紋氷室」

という会社を設立。生駒山の池での製氷権を得て、関西一円に天然氷を売った。こうして天然氷が各地の店頭に並ぶようになった。

庶民の夢だった「夏に氷」が天然氷の普及で現実のものとなり、全国の氷店は繁盛する。石井研堂は同24年8月、神田小川町の氷店のメニューを書き写している。

「氷水一銭　薄茶氷二銭五厘　氷あられ二銭　氷蜜柑二銭　氷汁粉二銭五厘　氷玉子四銭　雪の花二銭　氷白玉二銭五厘　氷葡萄《ぶどう》水四銭　れもん氷二銭　氷杏《あんず》水二銭五厘　氷玉子水三銭」

「氷あられ」はブッカキ氷のことで「雪の花」がかき氷のことと思われる。薄茶と汁粉があるから「宇治金時」誕生まであと一歩だ。だが「氷玉子」「氷玉子水」とはどんなものだったのだろう。

ほかに冷やしたラムネやコーヒーなども並ぶ。さらに「この外、内外洋酒の名を列記すること十に下らず」とあるので、ビールなど様々なアルコール類も売っていたことがわかる。このように天然氷によって明治の人々は「冷たいおいしさ」を知る。

だが天然氷には遠くの採氷地から消費地である都市部に運搬する手間がかかる。貯蔵のために氷室がいる。それらはコストとして価格に反映される。

京都の山田啓助が神戸で天然氷を発売したその年、横浜で日本初の機械製氷会社「ジャパン・アイス・カンパニー」が誕生し、一般向けに人工氷を売り出す。

同16年になって日本人資本による初の製氷会社「東京製氷」が設立された。人工氷は運搬と保存というコスト要因を省ける上に、需要期にだけ作ればいいという効率のよさから急速に普及する。

『明治事物起原』は「(東京製氷は)本邦製氷会社の嚆矢《こうし》にして、当時の器械は、米人監督の下に買入れしものなりしも、旧式にして不充分の点あり。二十一年に、新たに器械を買入れ、追々信用を得て、盛大を見るに至れり」と書く。

当然のことだが、人工氷の普及は天然氷業界との競合を生んだ。同20年9月、東京製氷は新聞に広告を出す。現代語に訳す。

「問　氷には天然と人造がありますが、どっちがいいですか。

答　天然氷には目に見えない汚物が混じっています。当社の氷は砂と炭と海綿で二度漉《こ》した水で作っています」

人工氷陣営がこういうキャンペーンを繰り広げたのに対し、天然氷陣営は「人工氷は薬品を使っている有害品である」と切り返した。製氷機がアンモニアを使うところを突いたと思われるキャンペーンに、人工氷陣営の旗色は悪くなった。ところが意外な出来事が形勢を逆転させる。

同20年、皇太子（後の大正天皇）が東京製氷の築地工場を見学された折、中に花を入れて凍らせた「花氷」をいたく気に入られた。殿下は父君である明治天皇への土産に持ち帰られ、これを機に同社は宮内省の御用指定工場となる。やがて「宮中に納入する氷は機械氷に限る」との告示が出て、天然氷陣営は大打撃を受けることになった。人工氷陣営が大宣伝に努めた結果、同30年に天然氷のシェアを上回った。

作品に戻れば、明治30年代半ばの物語なので、すでに人工氷優位の時代に入っている。だが「田舎」にまで製氷機を備えた氷店があったかどうか。主人公たちが口にした氷は天然氷であったのか人工氷であったのか。作品から推定できないのが残念だ。

（作品の引用は新潮文庫）

短いあとがき

本書を読んで「あの有名作家が触れられていないのはなぜ？」とか「私の好きな作品が出てこない」などと思われた読者がおられるかもしれない。私も著名な作家はできるだけ取り上げたいと思っていた。しかしそれは不可能だった。なぜなら食べ物を克明に描く作家がいる一方で、ほとんど関心を示さない作家もいるからだった。

後者の作家の作品にも食事の風景は出てくる。しかし例えば「ビールを飲みながらの夕食を終える」とか「食事が済むと」といった具合で、食卓に何が並んだかさえわからない場合が多い。主人公の食事にほとんど触れない作品もあるくらいだ。

食べ物を詳しく描くのは西日本、中でも関西ゆかりの作家が比較的多く、東日本ゆかりの作家は淡白な傾向がある。理由の説明は簡単なようで難しい。例外もあるだろう。ただ本書を書くために多くの本を読んでの漠然とした印象だ。

もし好きな作家、あるいはお気に入りの作品があるのなら、そんな目で再読していただきたい。違った楽しみ方ができるかもしれない。

本書は日本経済新聞日曜版「文学食べ物図鑑」（２０１５年6月～11月）の連載を改題し、加筆・改訂したものです。

幻冬舎新書 430

文学ご馳走帖

二〇一六年九月三十日　第一刷発行

著者　野瀬泰申

発行人　見城　徹

編集人　志儀保博

発行所　株式会社　幻冬舎

〒一五一-〇〇五一　東京都渋谷区千駄ヶ谷四-九-七

電話　〇三-五四一一-六二一一(編集)
　　　〇三-五四一一-六二二二(営業)

振替　〇〇一二〇-八-七六七六四三

ブックデザイン　鈴木成一デザイン室

印刷・製本所　株式会社　光邦

GENTOSHA

検印廃止

Printed in Japan　ISBN978-4-344-98431-8 C0295

の-2-1

幻冬舎ホームページアドレス http://www.gentosha.co.jp/

＊この本に関するご意見・ご感想をメールでお寄せいただく場合は、comment@gentosha.co.jp まで。